걷 고   싶 은   길

걷고 싶은 길

발행일   2025년 3월 10일

지은이   정명조
펴낸이   손형국
펴낸곳   (주)북랩
편집인   선일영   편집   김현아, 배진용, 김다빈, 김부경
디자인   이현수, 김민하, 임진형, 안유경   제작   박기성, 구성우, 이창영, 배상진
마케팅   김회란, 박진관
출판등록   2004. 12. 1(제2012-000051호)
주소   서울특별시 금천구 가산디지털 1로 168, 우림라이온스밸리 B동 B111호, B113~115호
홈페이지   www.book.co.kr
전화번호   (02)2026-5777   팩스   (02)3159-9637

ISBN   979-11-7224-503-0 03810 (종이책)   979-11-7224-504-7 05810 (전자책)

(주)북랩 성공출판의 파트너

북랩 홈페이지와 패밀리 사이트에서 다양한 출판 솔루션을 만나 보세요!

홈페이지 book.co.kr   •   **블로그** blog.naver.com/essaybook   •   **출판문의** text@book.co.kr

---

작가 연락처 문의 ▸ ask.book.co.kr

작가 연락처는 개인정보이므로 북랩에서 알려드릴 수 없습니다.

대전 말고, 근교

걷고 싶은 길

정명조
포토에세이

걸으면서 만나는 이야기는
햇빛을 받으면 역사가 되고
달빛을 받으면 야사가 된다

———

군더더기 없는 문장과 아름다운 사진으로 만나는
대전 근교의 길과 사람 이야기

북랩

쓰는 사람이 되고 싶었다. 뜻하지 않게 기회가 왔다. 2018년 말 모처럼 긴 휴가를 얻었다. 오랫동안 생각하던 설국 여행을 예약했다. 그해 겨울, 아키타에 눈이 엄청나게 내렸다. 원하던 풍경이 펼쳐졌다. 눈을 맞으며 노천 온천에 몸을 담갔다. 호텔은 눈 속에 파묻혔고, 온통 흑백 세계였다. 눈에 갇히는 행운은 일어나지 않았지만 꿈꾸던 세계였다. 여행 이야기를 썼다. 오마이뉴스에 보냈다. 기사로 채택되었고, 시민기자가 되었다.

꾸준히 여행했다. 사무실 창문 너머로 파란 하늘이 보이면, 휴가를 냈다. 무턱대고 떠났다. 사진을 찍고, 기사를 썼다.

잘못 알려진 내용이 많았다. 무주 나제통문은 백제와 신라가 치열하게 싸운 곳이 아니었고, 천태산 망탑봉에서 공민왕이 윷놀이하지 않았다. 마곡사 백범당에서 김구 선생이 머물지 않았다. 여행지에 가면 눈을 부릅뜨고, 정신 똑바로 차려야 한다.

흥미로운 이야기가 가득했다. 심청이가 예산 예당호 옆에서 살았고, 십승지 가운데 하나가 마곡사 샘골마을이다. 속리산 정이품송과 십여 리 떨어진 곳에 정부인송이 산다. 자세히 보아야 풀꽃이 예쁘듯이, 오래 들여다보면 재미있는 이야기가 나왔다.

돌로 만들어진 동물도 만났다. 망탑봉에서 상어를, 천태산에서 공룡을, 반야사에서 호랑이를, 구천동계곡에서 사자를, 가야산에서 거북이를 보았다. 부지런을 떨면 동물이 눈에 들어왔다.

또다시 걷고 싶은 곳도 여럿이다. 가족과 함께 걸으면 좋은 소나무 길이 마곡사 군왕대에서 시작한다. 짧지만 아름다운 숲길이다. 영동 월류봉 둘레길이 지나는 완정교에 차를 세운 뒤, 유모차나 휠체어를 몰고 데크 길을 걸을 수 있다. 아이를 데리고 가거나, 어르신을 모시고 가기 좋다. 백화산 호국의길과 구천동 어사길은 철마다 다른 느낌을 준다. 친구들과 걷고 싶은 길이다.

걸으면서 재미있는 이야기를 많이 만났다. 지난 일은 햇빛을 받으면 역사가 되고, 달빛을 받으면 야사가 된다고 한다. 내용 가운데 말한 옛이야기가 사실과 다를 수 있다. 재미를 더하기 위하여 일부러 보태지는 않았다. 눈품을 팔며 찾아보고, 발품을 팔며 확인했다.

대전에서 한 시간 남짓 거리에 걷기 좋은 길이 있다. 철마다 색다른 멋을 보여준다. 걷기를 좋아하는 사람들에게 이곳을 추천한다. 이 책이 그들에게 도움이 되기를 기대한다.

2025년 봄
정명조

차례

걷 고 싶 은 영 동

구수천

이 깊은 산중에 상어바위,
그것참 신기하네

▲ 영국사 은행나무

매우 드문 일이었다. 천 년 넘은 은행나무 아름드리 가지가 부러졌다. 추석 무렵에는 잎마름병이 번졌다. 가을이 가기도 전에 이파리가 말라버렸다. 절에 비상이 걸렸다. 애를 썼지만 어쩔 수 없었다.

걷고 싶은 길

그해 가을에는 노랗게 물든 은행나무를 볼 수 없었다. 2019년에 일어난 일이다.

멀리는 홍건적의 난부터 임진왜란, 6·25전쟁, 가까이는 유명인의 죽음까지 은행나무가 미리 알렸다던데, 그렇다면 혹시?

천태산 영국사 홈페이지 공지 사항에 '코로나바이러스 환란을 예고한 영국사 은행나무'라는 제목의 글이 올라왔다. "울음소리를 내어 국란을 알렸다는 신통력과 영험함을 지닌 신묘한 은행나무"라는 말과 함께.

영국사

1361년 홍건적이 고려를 쳐들어왔다. 개경이 위험에 빠지자, 공민왕이 피난길에 올랐다. 충북 영동 양산에 있는 국청사에 와서 나라가 편안해지기를 빌었다. 홍건적을 물리친 뒤, 부처님께 감사드렸다. 절 이름을 영국사(寧國寺)로 바꾸라고 했다.

▲ 영국사

영국사를 찾았다. 양산팔경 가운데 제1경이다. 주차장에서 영국사 가는 길은 멀었다. 단풍나무가 하늘을 가렸다. 시원한 바람과 물소리와 새소리가 함께 했다. 골짜기를 따라 큰 바위가 줄지어 있다. 마지막은 가파른 계단이다. 일주문을 지나도 절은 보이지 않고, 푸른 은행나무만 보였다. 큰일을 미리 알려주는 신통력을 가졌다는 나무다.

영국사는 볼거리가 많다. 그러나 다들 은행나무 주위만 서성대다가 발길을 돌린다. 그래서 구석구석을 한가롭게 구경할 수 있었다.

걷고 싶은 길

만세루를 오르면 대웅전이고, 그 앞에 삼층석탑이 있다. 1층 몸돌에
자물쇠와 문고리 두 개가 새겨졌다. 탑 안에 보물을 숨겼나 했더니
그 자신이 보물이다. 보물 535호다. 옆에 있는 보리수나무는 사람
들에게 그늘을 주고, 조금 떨어진 곳에 있는 홍단풍나무는 미리 가
을을 보여주었다.

▲ 원각국사비

▲ 영국사 승탑

왼쪽 등산로를 따라가면 원각국사비가 나온다. 원각국사는 고려 시대에 영국사를 큰 절로 만든 스님이다. 그의 유골이 영국사에 모셔졌다. 비 몸은 아래가 없어진 채로 거북 받침돌에 세워졌고, 비 머릿돌은 반으로 깨진 채로 바닥에 놓였다. 세월의 무게감에서 벗어나지 못했다. 비각 주위에 석종형 승탑과 원구형 승탑이 있으나, 주인공이 누구인지는 알 수 없다고 한다.

조금 위로 가면 이름 없는 승탑이 있다. 주인이 없다. 화려하지 않아서 주위와 더 잘 어울렸다. 누군가 받침돌 위에 동자승을 올려놓았다. 바람 소리가 나지만, 바람이 불지 않았다. 새소리가 나지만,

걷고 싶은 길

새는 보이지 않았다. 말소리가 나지만, 사람이 오지 않았다. 모든 것이 멈춘 곳이었다. 가장 아늑한 곳이었다. 나중에 물어보니, 미리 만들어 두었다고 했다.

다시 왼쪽으로 돌아 돌계단을 오르면 영국사 승탑이다. 원각국사 사리를 모신 것으로 생각되는 탑이다. 흠잡을 데 없다. 몸돌 한 면에 문짝을 새기고, 그 안에 자물쇠 무늬를 넣었다. 대웅전 앞 삼층석탑처럼 그 자신이 보물이다. 보물 532호다. 소나무가 승탑 주위를 둘러싸고 바람 소리를 냈다.

천태산

영국사에서 천태산(天台山) 오르는 길은 네 갈래다. 오를 때는 미륵길을, 내려올 때는 남고개길을 골랐다. 가장 많이 찾는 코스다. 미륵길은 짧지만, 바위를 타야 한다. 남고개길은 길지만, 전망이 좋다.

미륵길 들머리에 들어섰다. 쉽지 않은 산행을 미리 알려주듯 10여 분 오르니 바위 언덕이다. 오르는 길 내내 주변 경치가 한눈에 들어왔다. 밧줄을 타고 바위를 오르면 보상이라도 하듯 전망이 좋았다.

▲ 천태산의 상징 암벽

걷고 싶은 길

밧줄 구간은 네 곳이다. 첫 번째와 두 번째는 맛보기다. 밧줄 없이
도 오를 수 있다. 세 번째는 밧줄 몇 개가 줄줄이 나온다. 보통이다.
네 번째가 문제다. 밧줄로 75m 바위를 타야 한다. 천태산의 상징
암벽이다.

위험하다는 경고와 함께 '안전 등산로'를 알려주는 안내판이 있다.
밑에서 사진만 찍고 돌아갔다. 그 길에도 돌계단이 있고, 밧줄이 나
온다. 그러나 긴장하지 않고 오를 정도다.

▲ 천태산 정상

▲ 공룡바위

▲ 전망바위

걷고 싶은 길

▲ 기차바위

정상에 올랐다. 해발 714.7m다. 영국사에서 1시간 남짓 걸렸다. 전
망은 별로다. 우거진 나뭇잎이 정상석을 에워쌌다. 하늘만 보였다.
100대 명산 인증 사진을 찍고, 서둘러 내려왔다. 내려오는 길은 오
르는 길보다 쉬웠다.

헬기장을 지나고, 공룡바위가 나왔다. 공룡의 머리와 등과 꼬리가
기다랗게 뻗었다. 천태산 최고의 전망대다. 크고 작은 산들이 끝없
이 펼쳐졌다. 공민왕이 머물렀다는 마니산과 옥새를 숨겼다는 옥새
봉도 보였다. 전망바위도 나왔다. '잠시 쉼터' 안내판이 있다. 쉬어
가기 좋은 곳이다. 기차바위도 있다. 천태산에는 여러 가지 모양을

한 바위가 있어 재미를 더한다. 잠시 쉬고 난 뒤, 지루한 흙길을 걸었다. 영국사 삼거리를 거쳐 망탑봉으로 갔다.

망탑봉

천태산 12경 가운데 다섯 곳이 망탑봉(望塔峯)에 있다. 전망이 좋았다. 공민왕이 신하들과 윷놀이했다는 곳이다. 윷놀이할 정도로 판판한 바위가 있다. 동쪽으로 트인 벼랑 끝 바위에 윷판이 새겨졌다. 해설사 도움을 받아야 알아볼 수 있을 정도로 희미하다. 지름이 약 42cm이다.

그러나 피난 중에 한가롭게 윷놀이했을 까닭이 없다. 억지로 지어낸 듯하다. 찾아보니, 윷판 형 바위그림이다. 북두칠성이 북극성을 도는 모습을 그렸다. 농사에 얽힌 별자리를 나타낸다고 한다. 온 나라에 걸쳐 30여 곳에서 발견되었다고 한다.

걷고 싶은 길

▲ 망탑봉 삼층석탑

▲망탑봉 상어바위

걷고 싶은 영동

가장 높은 곳은 삼층석탑이다. 바위를 다듬어 기단을 만들고, 그 위에 몸돌을 올렸다. 큰바람이 불면 넘어질 듯한데도 천여 년을 버텼다. 신기했다. 탑 옆으로 거북바위와 연화석과 상어바위가 나란히 있다. 그 가운데 상어바위가 가장 돋보였다. 상어가 헤엄치며 바닷물 위로 솟구치는 모습이다. 흔들바위라고 하는데, 용을 써도 꿈적하지 않았다.

골짜기를 따라 내려가면 진주폭포가 있다. 폭포 위 바위에 쇠줄이 걸렸다. 쇠줄을 잡고 폭포 아래로 내려가는 사람도 있나 보다. 아래쪽에 폭포로 가는 길이 열렸다. 물소리가 반가웠다. 주차장까지 돌아가는 길이 유난히 시원했다.

(2021.6.25.)

걷고 싶은 길

여름에도 걷고 싶은 길, 바로 여깁니다

▲ 송호리 소나무 숲

백제와 고구려가 변두리 땅을 막고 있어 신라 태종무열왕이 분하게
여겼다. 655년 이들을 물리치려고 낭당대감(郎幢大監) 김흠운(金歆運)
이 양산에 왔다. 진을 치고 있을 때 백제군이 들이닥쳤다. 주위에서

피하라고 했지만 맞서 싸우다 죽었다. 사람들이 이 소식을 듣고 슬퍼하며 양산가(陽山歌)를 지었다.

삼국사기 47권 열전 7조에 나오는 이야기다. 노랫말은 남아있지 않다. 충북 영동군 양산면에서 있었던 일이다. 그곳에 양산팔경이 있다.

송호관광지에 갔다. 자주 찾는 곳이다. 양산팔경의 중심이다. 금강 물길이 굽이쳐 흐르는 곳이다. 백 년 넘은 소나무 숲이 있어 삼림욕 하기 좋다. 야영장도 있어 가족과 함께 보내기 안성맞춤이다.

양산팔경 금강둘레길

양산팔경 금강둘레길을 걸었다. 송호관광지를 끼고 도는 금강을 따라 만든 약 6km 길이다. 양산팔경 가운데 다섯 곳이 이 둘레길에 있다. 순서는 오락가락 제멋대로다.

소나무 숲에서 왼쪽으로 돌면 수변공원이 이어진다. 뜨거운 햇살을 받으며 한참 걸으니, 수두교가 나왔다. 영화 〈지금 만나러 갑니다〉 촬영지다. 소지섭과 손예진이 자전거 타고 건너던 다리다. 비 온 뒤라서 다리 아래로 흙탕물이 흘렀다.

▲ 수두교

▲ 봉황대

걷고 싶은 영동

다리를 건너면 4경 봉황대(鳳凰臺)다. 봉황이 깃들였다는 곳이다. 옛
날에는 강을 오가는 돛단배가 이곳에 있었다고 한다. 강어귀에 있
던 정자는 없어지고 마을 사람들이 새로 세운 정자가 있다. 정자에
앉아 앞을 보니 금강 너머로 3경 비봉산(飛鳳山)이 보였다. 꼭대기에
서 바라보는 금강 낙조가 멋지다는 곳이다.

길을 따라 걸었다. 표지판이 잘 갖춰졌다. 초봄에 보았던 연둣빛이
푸른빛으로 바뀌었다. 군데군데 있는 나무 의자에 앉아 여유를 부
렸다.

▲ 비봉산

걷고 싶은 길

▲ 봉양정

봉양정(鳳陽亭)에 들렀다. 양산팔경에 뽑히지는 않았지만, 틀림없이 명당이다. 둘레길에서 약간 벗어나 오히려 더 고즈넉하다. 특이하게 정자 한쪽에 조그만 방이 한 칸 있다. 세 벽면에 문이 있고, 둘레에는 마루가 놓여있다. 궂은 날씨라도 하루를 즐길 수 있도록 만든 공간이다.

▲ 함벽정

5경 함벽정(涵碧亭)에도 방이 있다. 옛사람들이 멋스럽게 놀고 학문과 예술을 말하던 곳이다. 앞에는 금강이 흐르고, 뒤에는 둘레길이 지나간다. 강기슭에 버드나무가 줄지어 있고, 뒤꼍에 대나무가 숲을 이루었다.

정자 마루 끝에 걸터앉았다. 살랑살랑 바람이 불었다. 버드나무 가지가 춤을 추고, 대나무 이파리가 바스락거렸다. 흐르던 땀이 자취를 감추고, 시원한 기운이 온몸을 감쌌다.

걷고 싶은 길

▲ 강선대

오르막 산길을 넘어 큰길 만나는 곳에 2경 강선대(降仙臺)가 있다.
둘레길 가운데 가장 아름답다. 신선이 내려와 놀았다는 곳이다.
정자 두 개가 짝을 이루었다. 강가 우뚝 솟은 바위에 하나, 그곳으
로 들어가는 길목에 또 하나가 있다. 가장자리에 있는 소나무와
어울려 우아하고 고상한 멋을 뽐낸다. 정자에 서면 낭떠러지가 아
찔하다.

▲ 용암

▲ 여의정

걷고 싶은 길

강선대를 마지막으로 봉곡교를 지나 다시 송호관광지로 돌아왔다. 강 가운데 있는 큰 바위가 8경 용암(龍巖)이다. 강선대에서 목욕하는 선녀를 구경하다가 하늘에 오르지 못한 용이 바위가 되었다.

소나무 숲에 이르면 6경 여의정(如意亭)이 있다. 숲을 만든 박응종의 만취당이 있던 곳이다. 박응종은 연안부사를 그만두고 이곳으로 내려와 손수 숲을 가꾸었다. 정자에 오르면 작은 석탑과 불상이 문지기처럼 서 있다. 풍파를 견디느라 깨지고 무디어졌다. 투박하게 생긴 모습이 오히려 더 정겹다.

자풍서당

▲ 자풍서당

둘레길에서 볼 수 없는 양산팔경 두 곳은 집으로 오는 길에 들렀다. 그중 하나가 7경 자풍서당(資風書堂)이다. 송호관광지에서 3km 떨어졌다. '금강로'를 따라가면 장승 한 쌍이 보이고, 그 사이에 서당 표지석이 있다. 지나치기 쉽지만, 용케도 오르는 입구를 찾았다. 길가에 차를 세우고, 300여 미터 좁은 길을 올랐다. 숨어있는 명소다. 여기서 유학자 이충범이 제자를 길렀다.

앞마당에 오층석탑이 있다. 고려 시대에 절을 지으며 탑을 세웠고, 조선 시대에 서당을 지으며 탑을 묻었다. 시대가 바뀌어 탑을 땅속에서 파내 서당 앞마당에 다시 세웠다. 이제는 뭐라고 하는 사람도 없다. 서로 잘 어울린다.

서당 대청마루 양쪽에 방이 있다. 스승이 머물렀을 방이다. 제자들 오는 소리에 금방이라도 문이 열릴 것 같았다. 책 읽는 소리 대신 배밭을 지키는 개들이 요란하게 짖어댔다. 서당 뒤에는 집이 두 채 있으나 인기척은 없었다. 큰길에서 얼마 떨어지지 않았지만, 깊은 산골에 들어온 듯했다.

마지막으로 1경 영국사(寧國寺)에 갔다. 자풍서당에서 차로 20여 분 걸렸다. 천태산 동쪽 기슭에 있다. 보물과 문화재가 가득하다. 양산팔경 가운데 으뜸이다. 천태산과 함께 차분히 둘러봐야 한다.

▲ 영국사 가는 길

송호관광지에 가면 양산팔경 금강둘레길이 있다. 수변공원을 제외
하면, 여름에도 걷기 좋은 길이다. 둘레길을 걸으며 옛사람들의 멋
을 느낄 수 있다. 그곳에 가면 여름날을 시원하게 보낼 수 있다.

(2021.6.5.)

월류봉에 달이 머물고,
둘레길에 소리가 머물고

▲ 월류봉

충북 영동은 아름다운 산과 맑은 물로 널리 알려진 곳이다. 백두대
간 삼도봉 서쪽에 있는 민주지산에서 시작한 산줄기로 둘러싸였다.
여러 곳에서 생긴 물이 골짜기를 따라 굽이쳐 흘러 금강 물줄기를

걷고 싶은 길

이룬다. 그곳에 월류봉(月留峰)이 있다. 달이 머물다 가는 곳이다.

우암 송시열 선생은 월류봉이 보이고 초강천이 흐르는 곳에 작은 집을 짓고 머물며 후학을 양성했다. 사람들이 그곳에 한천서원을 짓고, 우암 선생의 제사를 지냈다. 조선 시대 끝 무렵 서원 철폐령에 따라 없어졌다가, 1910년 한천정사(寒泉精舍)로 다시 세워졌다. 이를 본떠서 월류봉의 여러 모습 가운데 여덟 곳을 골라 한천팔경이라 이름 지었다.

어느 해보다도 지루하게 느껴졌던 여름이 지났다. 들녘에는 여문 과일과 곡식이 가을임을 알렸다. 추석이 다가올 무렵, 영동을 찾았다. 월류봉을 오르고, 월류봉 둘레길을 걸었다.

월류봉

월류봉 광장에 섰다. 높이 약 400m 되는 산봉우리 6개가 동서로 길게 뻗었다. 월류봉 아래로 초강천이 흐른다. 삼도봉과 석기봉과 민주지산에서 생긴 물이 물한계곡을 지나 흐르는 물줄기다. 월류봉을 휘감고 영동을 돌고 돌아 금강으로 흘러 들어간다. 월류봉에서 초강천으로 뻗은 낭떠러지 위에 2006년에 세운 월류정이 있다.

▲ 한반도 지형

월류봉 광장에서 왼쪽으로 돌아가 초강천을 건너면 등산로 들머리
다. 오르는 길은 몹시 가파르다. 끊임없이 이어지는 계단이다. 도토
리가 수북이 쌓였다. 오른쪽은 낭떠러지다. 추락 주의 푯말이 섬뜩
하다. 주위를 둘러볼 여유가 없다. 20여 분 오르니 정상이다. 해발
365m다. 조금 더 가면 월류 1봉이다. 전망대가 있다. 한반도 지형
이 보인다. 오른쪽 들녘은 옛날에 물이 돌아가던 길이다.

걷고 싶은 길

▲ 월류정

월류 2봉에는 산불초소가 있다. 안을 들여다보니 의자 두 개만 덩그
러니 놓였다. 사방으로 산이 빙 둘러 있다. 산등성이를 따라 설렁설
렁 걸으면 월류 3봉이다. 여기부터는 봉우리 사이 거리가 멀다. 월
류 4봉을 지나 가파른 바윗길을 걸어 마지막 봉우리 월류 5봉에 올
랐다. 해발 405m로 최고봉이다.

멀리 백화산 줄기가 보이고, 예능 프로그램 1박 2일 첫 촬영지인 솔
티마을도 보였다. 내려가는 길은 몹시 가파르다. 밧줄을 잡고 내려
가야 한다. 하산 갈림길에서 쉼터 쪽으로 가면 초강천이다. 물에 잠
긴 징검다리를 건너 월류봉 광장으로 돌아왔다.

▲ 초강천

짧은 산행이었다. 들머리에서 오르는 길과 날머리로 내려가는 길을 빼고는, 산등성이를 걷는 재미가 솔솔 났다. 시원한 바람과 탁 트인 전망이 한몫했다. 아래에서 월류봉을 바라봐도 멋졌고, 위에서 내려다봐도 좋았다.

월류봉 둘레길

월류봉 둘레길은 여울소리길과 산새소리길과 풍경소리길로 나뉘었다. 월류봉 광장을 출발하여 반야사에 이르는 8.4km 길이다. '우암

걷고 싶은 길

▲ 여울소리길

송선생유허비'를 지나 초강천을 따라가면 석천과 만난다. 물소리가 유난히 크게 들려 여울소리길이라고 한다.

월류봉을 뒤로하고 석천을 따라 걸었다. 데크 길이 이어지다 흙길이 나온다. 야자 매트가 깔렸다. 오르락내리락한다. 좋을 때 웃으며 같이 걷자고 하는 글귀가 곳곳에 걸렸다. 손잡고 걸으라고도 한다. 물소리와 바람 소리가 함께한다.

산새소리길은 물소리 대신 풀벌레 소리가 요란하다. 새소리는 가끔 들린다. 삼대가 함께 걸을 수 있는 길이다. 낭떠러지 아래 석천 물길 가장자리에 만든 데크 길이 목교까지 굽이굽이 이어진다. 사람들이 다슬기를 잡았다. 물속에서 하나씩 줍지 않고 작은 뜰채로 긁어 담았다. 가까운 식당에 다슬기로 만든 먹을거리가 많은 이유다.

목교를 지나면 백화마을 앞길이다. 아스팔트 포장길이다. 길가에 사과와 감과 대추와 호두가 주렁주렁 달렸다. 전원생활을 즐기려는 사람들이 모여 산다. 조용히 해달라는 현수막이 걸렸다. 산 중턱에는 40여 채 전원주택도 있다. 친환경 공동체 마을로 알려진 곳이다. 백화산을 뒤로하고 앞에는 석천이 흐르는 전망 좋은 마을이다.

풍경소리길은 숲길이다. 반야교를 건너 관음전을 거쳐 영천까지 가는 길이 월류봉 둘레길 가운데 최고 구간이다. 벤치에 앉았다. 물소리와 바람 소리와 풀벌레 소리가 잘 어울렸다. 공사판에서 나는 굴착기 소리조차도 장단을 맞추는 것처럼 들렸다. 한참 쉬었다. 풍경소리가 그윽하게 들리는 곳에 반야사가 있었다.

반야사

반야사는 백화산 호랑이가 산신령이 되어 지키는 절이다. 옆으로 석천이 흐르고, 그 너머는 백화산 줄기가 가로막았다. 앞마당에서 왼쪽을 보면 요사채 지붕 위에 호랑이가 엎드려 있다. 집채보다 더 크다. 고개를 들고, 꼬리를 산 중턱까지 길게 치켜세웠다. 누구도 넘볼 수 없는 모습이다. 너덜겅이 만든 작품이다.

▲ 산신령 호랑이

▲ 문수전과 영천

걷고 싶은 길

지장전 옆으로 난 계단을 오르면 망경대. 100m 정도 되는 문수바위 낭떠러지 꼭대기에 문수전이 있다. 암자 둘레는 한두 사람만이 지나갈 정도의 폭이다. 마루에서 내려다보면 아찔하다. 앉아있는 것만으로도 수행처럼 느껴진다. 석천이 푸른 숲에 둘러싸여 굽이돌아 흐른다. 탄성이 절로 나오는 전망이다. 까마득한 아래쪽에는 흐르던 물이 잠시 머무르며 고였다. 영천이다.

세조가 목욕하고, 피부병을 고쳤다는 곳이다. 망경대 아래 영천에서 목욕하라는 문수보살의 말대로 했더니, 씻은 듯이 나았다. 세조는 문수보살의 지혜를 나타내는 '반야(般若)'를 어필로 남겼다. 절 이름은 이 이야기에서 비롯하여 오늘에 이른다. 안타깝게도 어필은 남아있지 않다.

월류봉 둘레길은 여기서 끝난다. 초강천과 석천을 이어서 걸었다. 여울 소리와 산새 소리와 풍경 소리가 귀를 즐겁게 했다. 파란 하늘과 푸른 숲과 은빛 물길이 눈을 즐겁게 했다. 이른 저녁으로 올뱅이 국밥을 먹었다. 영동에서는 다슬기를 올뱅이라고 한다. 국밥과 부침개와 무침이 맛있다. 입도 즐거운 하루였다.

(2021.9.25.)

저승골에서는 휴대 전화도 터지지 않는다

▲ 백화산 호국의길

경북 상주에 걷는 길 브랜드 MRF가 있다. 산길(Mountain Road)과 강
길(River Road)과 들길(Field Road)을 걷는 코스다. 반드시 세 길이 함께
들어가고, 원점 회귀할 수 있어야 한다. 산길은 해발 200~300m 되

는 낮은 곳에 만들어져야 한다.

시월이다. 파란 하늘이 발걸음을 유혹하는 계절이다. MRF 명품 길 '백화산 호국의길'을 걸었다. 옥동서원에서 반야사 옛터까지 이어지는 5.1km 길이다. 구수천을 따라 만들어졌다. '백화산 둘레길' 또는 '구수천 팔탄 천년옛길'로도 알려졌다. 친구들과 함께 걷기 좋은 길이다. 가을에 걸으면 즐거움이 갑절이 된다.

옥동서원

직제학 홍여강이 명나라 사신으로 정해졌다. 그는 외동딸을 이모부 김자구 집에 맡겨 돌보았다. 방촌 황희 정승을 찾아가 시집 안 간 딸 때문에 명나라에 가기 어렵다고 하소연했다. 방촌은 나랏일이 중요하니 일단 떠나라고 했다. 홍여강이 명나라에서 돌아온 뒤, 방촌은 둘째 아들 보신과 홍여강의 딸을 혼인시켰다.

황보신은 부인이 이모부 재산을 물려받자 이를 관리하며 중모에서 살았다. 방촌은 아들 보신이 중모에 살 때 다녀갔다. 중모는 옥동서원이 있는 상주시 모동면이다.

▲ 옥동서원

1518년 황희 현손인 황맹헌과 황효헌 형제가 독서당을 세우고 방촌 영정을 모셨다. 1714년 백옥동서원으로 승격되었고, 이듬해 지금 자리로 옮겨졌다. 1789년 정조가 옥동(玉洞)이라는 친필 현판을 내렸다. 조선 끝 무렵, 흥선대원군의 서원 철폐령에도 살아남아 오늘에 이른다. 백화산 호국의길은 이곳에서 시작한다.

옥동서원에 큰 건물이 세 개 있다. 앞쪽에 있는 문루는 청월루(淸越樓)다. 2층이다. 아래층에 출입문 세 칸, 양옆에 아궁이가 있고, 위층에 온돌방 두 개와 마루가 있다. 마루에 올라서면 마당과 강당이 마주한다.

걷고 싶은 길

▲ 백옥정

▲ 모동 벌판

걷고 싶은 영동

가운데에 있는 강당은 온휘당(蘊輝堂)이다. 대청마루와 양쪽 방에서 여러 행사를 치르고 모임을 할 수 있다. 가장 뒤쪽 사당은 경덕사(景德祠)다. 방촌 황희, 사서 전식, 축옹 황효헌, 반간 황뉴의 위패를 모신다.

옥동서원 왼쪽에 있는 집 마당을 지나 산길로 접어들었다. 혼자 지나갈 정도로 좁은 길이다. 산새 소리와 풀벌레 소리가 요란하다. 지루하다는 느낌이 살짝 들 때쯤 산등성이에 다다랐다. 시원한 바람이 불었다. 헌수봉 산줄기가 오르고 내리기를 몇 번 되풀이하며 구수천을 향해 달리다 옥봉에서 갑자기 멈춘다.

이곳에 백옥정이 있다. 서원에 딸린 팔각정이다. 서원에서 공부하던 선비들이 올라와서 머리를 식히고 시를 읊었다. 정자에 오르면 사방이 탁 트여 시원스럽다. 밑으로 구수천이 흐르고, 모동 벌판에는 비닐하우스가 바다처럼 끝없이 펼쳐졌다.

걸음마다 펼쳐지는 이야기

백옥정에서 내려오면 짧은 들길이 이어진다. 과수원 옆길이다. 안쪽에 포도나무와 복숭아나무가 있고, 바깥쪽에 호두나무가 있다. 나무와 쇠줄 울타리가 두 겹으로 빙 둘러쳐졌다. 전기가 흐르니 조심하라는 푯말에서 사람들이 많이 찾는다는 것을 알 수 있다.

큰 바위 하나가 넓은 터에 덩그러니 놓였다. 세심석(洗心石)이다. 속
세의 마음을 깨끗이 씻고 학문을 닦을만한 자리라고 하여 밀암 이
재 선생이 붙인 이름이다. 앞쪽은 담쟁이덩굴이 에워쌌다. 뒤쪽에
매달린 밧줄을 잡고 올라가 보니, 위가 판판해 여러 사람이 앉을 정
도로 넓다. 옆에 세워진 우평 황인로 시비에는 스무 사람이 앉을 수
있다고 새겨졌다.

구수천 강길에 들어섰다. 반야사까지 여덟 번 굽이돈다. 여울 여
덟 개를 일컫는 팔탄으로 나누어졌다. 그늘진 길이다. 바닥에는
길쭉하게 생긴 도토리가 많이 떨어졌다. 묵을 만들면 가장 맛있다
고 하는 졸참나무 열매다. 도토리를 주워 끝을 보니 싹이 나고 있
었다. 이것이 땅에 묻히면 나무가 될 텐데 사람들 신발에 짓밟히고
있었다.

밤나무골에 독재골산장이 있다. 밤·약초 영농 단지다. 가로질러 지
나갔다. 밤송이가 땅에 수북이 쌓였고, 미처 줍지 못한 알밤이 뒹굴
었다. 수확기에는 돌아가라고 하나 아무리 둘러봐도 다른 길은 없
었다. 앞만 보고 걸었다. 개인 땅을 지나가야 해서 민망스러웠다.

출렁다리를 건넜다. 여기부터는 길이 제법 넓다. 호젓한 길을 걸어
저승골 삼거리에 다다랐다. 바위에 빨간색으로 저승골이라고 새겨
졌다. 섬뜩하다. 고려 시대 몽골 6차 침입 때 승병들이 몽골군을 유
인하여 죽인 곳이다.

▲ 구수천 출렁다리

살아남은 몽골군은 물러가면서 앙갚음하듯 지나친 마을을 모두 쑥
대밭으로 만들어 버렸다. 고려가 몽골에 항복한 뒤에는 이곳이 반
역의 장소가 되어 버림받았다. 그러나 지금은 호국의 길이 되어 자
랑스러운 역사의 한 페이지를 장식했다.

이곳에서는 휴대 전화도 터지지 않는다. 두메산골이다. 전쟁이 나
도 모르고 지나갈 성싶지만, 바깥세상이 그리 멀지 않다. 걸어서 한
시간이면 차가 다니는 길까지 나갈 수 있다. 구수천을 따라 병풍을
두른 듯 선 낭떠러지 때문일 것도 같다.

걷고 싶은 길

▲ 임천석대

구수천에는 낭떠러지가 많다. 그래서 물소리가 요란하다. 4탄에 있
는 난가벽(欄柯壁) 물소리가 가장 세다. 이곳은 5탄에 있는 임천석대
(林千石臺)와 함께 가장 아름다운 곳이다. 임천석은 고려 궁정 음악가
다. 나라가 망하자, 이곳으로 내려와 흙집을 짓고 살았다. 이성계가
그의 거문고 솜씨를 인정해 궁으로 들어오라고 했다. 두 임금을 섬
기지 않는다는 말을 남기고 바위에서 몸을 던졌다.

가을에 걸으면 더 좋은 길

농다리 두 개를 지났다. 굽이굽이 흐르는 물소리에 마음마저 쉬어
갔다. 물은 흐르지만, 호수같이 잔잔하다. 마침내 반야사 옛터에 다
다랐다. 절터는 간데없고, 넓은 평상만 자리를 차지했다. 사람들이
쉬어 갈 만하나, 마른 나뭇잎만 평상 위에 수북이 쌓였다.

경상북도 경계석이 있다. 경북 상주와 충북 영동이 만나는 곳이다.
백화산 호국의길은 여기서 끝난다. MRF 명품길이 틀림없었다. 두
런두런 이야기하며 걷기 좋았다. 다시 걷고 싶은 길이다.

▲ 석천과 반야사

걷고 싶은 길

계속 걸으면 월류봉 둘레길 풍경소리길이 이어진다. 왼쪽으로 까마득한 낭떠러지 위에 문수전이 보이고, 더 지나가니 오른쪽에 백화산 호랑이 너덜겅이 있었다. 부서진 바위들이 비탈에 흩어져 차곡차곡 쌓였다.

반야사 관음상을 지나 '사진찍기 좋은 녹색 명소' 팻말을 따라갔다. 편백숲 전망대에서 내려다보니, 석천이 반야사를 휘감고 흐르는 모습이 뚜렷했다. 이 물줄기가 월류봉에서 초강천을 만나 금강으로 흘러 들어간다.

경북 상주에 MRF 길 19개가 있다. 이야기길 15개와 명품길 4개다. 재미있는 전설과 역사 이야기가 함께한다. 산길과 들길과 강길을 한꺼번에 즐길 수 있다. 친구들과 함께 걷기 좋다. 가을에 걸으면 즐거움이 갑절이 되는 길이다.

(2021.10.16.)

슬 로 시 티   예 산

예당호

느리게 걸어야 제대로 느낄 수 있는 길

▲ 봉수산 해돋이 ⓒ곽상규

예산을 사랑하는 친구가 있다. 그는 출근하기에 앞서 봉수산에서 찍은 사진을 밴드에 올리곤 했다. 퇴근길에는 봉수산에서 해가 지는 멋진 모습을 보여주었다. 친구 때문에 예산을 사랑하지 않을 수

걷고 싶은 길

없다.

예산에 갔다. 시월 끝자락에 아침 일찍 집을 나섰다. 봉수산을 오르고, 의좋은 형제를 보고, 예당호를 걸었다.

임존성

봉수산에 올랐다. 백제 부흥 운동 중심지 임존성이 있는 곳이다. 임존성은 봉수산 산등성이를 따라 몇 개 봉우리를 에워싼다. 성벽 둘레가 2.5km에 이른다. 성곽길을 걸으며 1,500여 년 전 나라를 찾기 위해 모여든 백성을 생각했다.

660년 백제가 망했다. 흑치상지와 지수신이 백제 부흥의 깃발을 내걸고 임존성에 들어왔다. 수많은 백성이 합류했다. 그들의 사기가 하늘을 찔렀다. 의자왕 사촌인 복신과 승려 도침도 주류성에서 나당연합군에 맞서 싸웠다. 의자왕 아들 부여풍을 일본에서 모셔 와 백제왕으로 내세웠다. 여러 성을 공격하여 되찾기도 했다.

그러나 부흥군 안에서 갈등이 생겼다. 복신이 도침을 죽이고, 부여풍이 복신을 죽였다. 부흥군 세력이 빠르게 약해졌다. 부여풍은 고구려로 망명하고, 흑치상지는 당나라에 항복했다.

지수신은 마지막까지 임존성에 남았다. 그러나 당나라 장수가 되어 돌아온 흑치상지와 싸우다가 고구려로 달아났다. 함께한 백성들은 죽거나 노비가 되었다. 그들의 함성은 임존성에 갇혀 더 멀리 퍼지지 않았다. 결국, 부흥 운동은 실패하고 백제는 역사에서 사라졌다.

▲ 예당호

봉수산자연휴양림에 갔다. 숲속의 집 소나무동 왼쪽에 등산로 3코스 들머리가 있다. 오르는 길은 어렵지 않았다. 흔한 산길이다. 내포문화숲길 가운데 백제부흥군길의 한 부분이기도 하다. 30분 정도 오르니 전망대다. 임존성 북동치다. 예당호가 한눈에 보였다. 산 아랫마을은 고즈넉하고, 호수는 잔잔하고, 호수 너머 산은 까마득했다.

걷고 싶은 길

▲ 임존성

북동치를 출발하여 성곽을 한 바퀴 돌았다. 성벽은 허물어졌으나, 길은 잘 놓여있다. 오르락내리락 걷기도 좋고, 경치도 좋았다. 북서치에 이르면 앞으로는 예당호가, 뒤로는 홍성 들판과 오서산이 보였다. 약 200m 더 가면 봉수산 정상이다. 해발 483.9m다. 멋진 소나무 앞에 정상석이 조그맣게 서 있다. 전망은 그다지 좋지 않았다. 그냥 쉬어 가는 곳이다.

다시 북서치로 돌아와 성벽 남쪽을 따라 걸었다. 좁은 비탈길이다. 내리막길이 끝나면 말끔하게 복원된 성벽이 불쑥 나타난다. 600m 정도 굽이돈다. 임존성 최고의 길이고, 사진 찍기 좋은 자리다.

남문지에 넓은 빈터가 있다. 그곳에 '임존성 백제 복국운동 기념비'와 부흥군이 사용했다는 샘터가 있다. 샘물이 고였고 바가지도 놓였으나 마시기는 망설여졌다. 동벽 건물지를 지나 북동치를 거쳐 자연휴양림으로 돌아왔다.

의좋은 형제

의좋은 형제를 보았다. 봉수산자연휴양림에서 약 1.8km 떨어진 길목에서다. 이곳에 '의좋은 형제 공원'이 있다.

의좋은 형제가 살았다. 가을걷이가 끝난 뒤, 볏단을 똑같이 나누어 낟가리를 쌓았다. 한밤중에 동생은 형 낟가리로 볏단을 날랐다. 잠시 뒤에 형이 볏단을 갖다 동생 낟가리에 쌓았다. 다음 날 아침 나가 보니 낟가리는 줄어들지 않았다. 이상했다. 분명히 지난밤에 볏단을 날랐는데도 그대로였다.

밤마다 볏단을 날랐지만, 낟가리 크기는 여전히 똑같았다. 그러던 어느 날 밤중에 형제가 볏단을 나르다가 마주쳤다. 형은 새로 살림을 차린 동생을 위해서, 동생은 식구가 많은 형을 위해서 볏단을 서로 더 주려고 했다. 20년 전까지 초등학교 2학년 2학기 국어책에 실린 이야기다.

▲ 의좋은 형제 공원

▲ 대흥 동헌

슬로시티 예산

1978년 봄, 가뭄이 심했다. 예당호 물이 빠지면서 물에 잠겼던 마을이 고스란히 드러났다. 상중리 개뱅이다리가 있던 자리 옆에서 비석이 발견되었다. 의좋은 형제 이야기를 담은 '이성만 형제 효제비'였다. 지금은 대흥 동헌 앞 비각 안에 있다. 들여다봐도 글자는 닳아서 잘 보이지 않았다.

동화가 아니라, 정말 있던 일이었다. 고려 말 대흥에 살던 이성만과 이순 형제 이야기다. 이들의 효심과 우애가 임금에게 알려졌고, 세종은 이를 널리 알려 칭찬했다. 연산군 3년(1497년)에는 효제비를 세웠다. 이를 바탕으로 2011년에 공원이 만들어졌고, 해마다 '의좋은 형제 축제'도 한다.

대흥 동헌은 조선 시대 대흥군 현청이다. 추사 김정희의 증조할머니 화순옹주 동생인 화령옹주 태실과 흥선대원군이 세운 척화비가 뒤뜰에 있다.

느린호수길

예당호를 걸었다. '느린호수길'이라고 부르는 7km 길이다. 의좋은 형제 공원과 이웃한 중앙생태공원에서 출렁다리를 거쳐 수변공원까지 이어진다. 잘 정비된 데크 길이다. 계단이 거의 없어서 어렵지 않았다. 호수를 끼고 걸어서 피곤한 줄 몰랐다. 그늘이 지지 않아서 싸늘하지도 않았다. 더할 나위 없이 걷기 좋았다.

예당호는 국내에서 가장 큰 농업용 저수지다. 둘레가 40km, 폭이 2km나 된다. 1964년에 만들어졌다. 예당평야에 물을 공급한다. 바다처럼 윤슬이 아름답다.

▲ 좌대

예당호는 최고 낚시터다. 봄부터 늦가을까지 낚시꾼이 붐빈다. 해마다 전국 낚시대회를 연다. 호수 가장자리를 따라 좌대가 280여 개 들어섰다. 물 위에 한가롭게 떠 있다. 낚시꾼이 밤새 손맛을 보는 곳이다.

▲ 예당호 출렁다리

▲ 해 질 녘 예당호

걷고 싶은 길

예당호에 출렁다리가 있다. 걷다 보면 제법 출렁거린다. 2019년 4월 개통할 때는 국내에서 가장 길었다. 길이가 402m다. 음악분수와 레이저 빔 영상 쇼가 볼만하다. 물과 음악이 어우러진다.

출렁다리를 거쳐 부잔교를 지나면 길이 막혔다. 공사 중이다. 수변공원에 가려면 큰길로 나와서 찻길을 따라가야 했다. 수문 옆에 수변공원이 있다. 규모는 작지만, 핑크뮬리가 가을을 분홍색으로 수놓았다. 느린호수길은 이곳에서 끝났다. 느리게 걸어야 제대로 맛을 느끼고, 게으름을 피워도 괜찮은 길이었다.

예산을 떠나기에 앞서 '백종원 국밥 거리'에서 소머리국밥을 먹었다. 요리 연구가 백종원은 예산 출신이다. 그의 이름을 딴 길거리를 많은 사람이 찾는다. 국밥과 국수가 맛있다. 값도 싸다. 주차장도 넓어서 여행 뒤에 한 끼 때우기 안성맞춤이다.

(2021.11.1)

여기서는 달팽이처럼 느리면 더 좋습니다

▲ 느림길

슬로시티 운동은 1999년 이탈리아에서 시작했다. 우리나라는 2007년에 신안 증도, 완도 청산, 담양 창평이 처음으로 슬로시티 인증을 받았다. 고요하고 소박하게 사람들이 사는 곳이다. 지금은

걷고 싶은 길

16곳으로 늘었다. 그 가운데 하나가 예산 대흥이다. 2009년에 인증받았다.

깊어져 가는 가을날, 예산 대흥을 찾았다. 그곳에 '느린꼬부랑길'이 있다. 세 개 코스로 나뉜다. 1코스 '옛이야기길', 2코스 '느림길', 3코스 '사랑길'이다. 모두 슬로시티 방문자센터에서 시작하고 끝난다. '느린 걸음으로 소박한 삶과 자연, 역사의 숨결을 담은 길'이다.

봉수산 순교 성지

▲ 순교 성지

느린꼬부랑길 걷기에 앞서 봉수산 순교 성지에 들렀다. 대흥은 복음 전파와 박해의 길목이었다. 순교자가 7명 나왔다. 그곳에 대흥형옥원(大興刑獄圓)이 있다. 죄인을 가두고 형벌을 주는 옥사다. 순교 성지다. 의좋은형제길에 있다.

신유박해 때 김정득 베드로와 김광옥 안드레아가 공주 무성산에서 붙잡혔다. 감옥에 갇혔다. 죽음을 두려워하지 않았다. 고향에서 목을 베라는 사형 선고가 내려졌다. 고향으로 가는 중에 대흥과 예산의 갈림길에서 손을 마주 잡았다. "내일 정오 천국에서 다시 만나세."라고 작별 인사를 했다. 다음 날 그들은 '의좋은 순교자'가 되었다. 2014년 프란치스코 교황이 이들을 복자로 시복했다.

옥사 앞에 십자형 정원이 있다. 검은 돌에 순교자를 고문하는 모습이 새겨졌다. 둘레에 14처 '순교자 십자가의 길'을 만들었다. 오른쪽은 외양간을 고쳐 만든 조립식 성당이고, 가운데 성모상 아래에 있는 돌은 참수대다. 찡한 마음에 발걸음이 떨어지지 않았다.

느린꼬부랑길

느린꼬부랑길을 걸었다. 세 개 코스 가장 바깥길을 이어서 걸었다. 1코스는 조용한 시골에서 시작한다. 실개천을 따라 봉수산을 바라보면서 걸었다. 개천을 건너는 다리 이름이 재미있다. 사양지심교, 반포지효교, 다정다감교다. 길옆에 멋진 집과 너른 텃밭이 이어진다. 사람은 보이지 않고, 가끔 지나는 차 소리와 물소리만 들렸다.

다슬기 체험장이 나오고, 옆에 배맨나무가 있다. 천 년 넘은 느티나무다. 마을 수호신이다. 나당연합군이 백제 부흥군을 공격할 때 배를 맸다는 나무다. 그때는 이곳까지 바닷물이 들어왔다고 한다. 사과밭을 지났다. 울타리도 없고, 사람도 없다. 먹음직스러운 사과가 주렁주렁 달렸다.

▲ 배맨나무

▲ 봉수산자연휴양림 하늘데크

30분쯤 가면 봉수산자연휴양림이다. 구름다리를 건너 수목원과 곤충생태관을 둘러보고, 하늘데크에 들어섰다. 소나무 숲 위에 20m 높이로 세워졌다. 봉수산 주변과 예당호 경치를 즐길 수 있다. 하늘데크를 지나 소나무 숲을 걸으면 2코스와 만나는 곳에 애기폭포가 있다. 이름처럼 작다. 그래도 물은 조금 흐른다.

걷고 싶은 길

▲ 전망 좋은 곳

2코스에 들어서면 큰길이다. 차가 다닐 정도다. 옆은 산지 약용식
물 특화단지다. 아기단풍이 곱게 물들었다. 고요했다. 낙엽 밟는 소
리뿐이었다. 걸으면 저절로 건강해질 길이었다. 전망 좋은 곳에 가
니 호수가 보였다.

▲ 대흥향교 은행나무

마을 가까이 오니 사과밭이 나왔다. 과수원을 지키는 개가 짖어댔
다. 더 내려오니 샛노란 나무가 있다. 대흥향교 은행나무다. 한가운
데에 느티나무를 품었다. 느티나무 씨앗이 은행나무 가운데에서 싹
텄다. 은행나무는 600여 년, 느티나무는 200여 년 되었다고 한다.
긴 세월 동안 두 나무가 사이좋게 자랐다.

대흥향교에서 3코스와 연결된다. 원홍장 쉼터로 향했다. 향교에서
1km 떨어졌다. 마을 어르신이 가는 길을 친절하게 알려 주었다.

걷고 싶은 길

원홍장

마을 앞을 지났다. 개 짖는 소리가 요란했다. 나이 드신 분이 집 앞
에 앉아 지나가는 사람을 유심히 쳐다봤다. 마을버스 종점을 끼고
돌아 좁은 길을 오르면 원홍장 쉼터다. 예당호가 훤히 보이는 언덕
이다. 팔각정과 돌탑이 있다. 원량과 원홍장 부녀상을 큼지막하게
세웠다. 정자 앞을 조그마한 돌로 예쁘게 꾸몄다. 둘레에 솟대를 나
란히 세웠다.

▲ 원량과 원홍장

충청도 대흥현에 앞 못 보는 원량이 살았다. 그에게 효성이 지극한 딸 홍장이 있었다. 어느 날 지나가는 스님이 부처님 계시라며 시주를 간청했다. 홍장은 아버지를 위하여 스님을 따라나섰다. 소랑포에서 쉬다가 진나라 사람들을 만났다. 홍장은 그들이 가져온 재물을 받아 스님에게 모두 드리고, 진나라로 건너가 황후가 되었다. 스님은 불사를 마쳤고, 원량은 눈을 떴다.

조선 영조 5년, 관음사에서 펴낸 '성덕산 관음사 사적기'에 실린 이야기다. 목판본이 순천 송광사 성보박물관에 있다. 심청전과 비슷하다. 예산군은 이를 바탕으로 대흥에 심청이 살았다고 널리 알렸다. '진나라 황비가 된 백제의 효녀'라는 부제가 달린 책 '대흥 원홍장'을 펴내고, '원홍장 둘레길'을 만들기도 했다.

뒷이야기가 이어진다. 홍장은 관음상을 만들어 고향으로 보냈다. 배가 한 달 만에 낙안포에 닿았다. 성덕이라는 처녀가 배 안에 있는 관음상을 보았다. 그는 관음상을 가지고 고향인 옥과로 갔다. 모실 곳을 찾아 산에 오르다 멈춘 곳에 절을 세웠다. 산은 성덕산이고, 절은 관음사다. 지금 곡성 오산에 있다.

원홍장 쉼터에서 돌아 나오는 길에 교촌2리 마을회관 앞에서 노는 할머니들을 만났다. 원홍장이 어디서 살았냐고 물어보니 "삼거리 도접교 가까운 곳에서 살았다"라고 호수 쪽을 가리켰다.

걷고 싶은 길

▲ 슬로시티 상징 달팽이

마을 사람이 썼다는 찬샘을 지났다. 슬로시티 상징인 달팽이가 나뭇잎 때문에 힘들어하는 모형이 있다. '국제 달팽이 달리기 대회' 장소라고 알리는 푯말도 있다. 줄지어 달리는 달팽이가 담벼락 풀숲에 숨겨졌다.

달팽이처럼 천천히 걸어 큰길로 나왔다. 마을 제사를 지내는 망태 할아버지 석상을 지나 슬로시티 방문자센터로 돌아왔다. 달팽이처럼 느리게 걸어도 괜찮은 길이었다.

▲ 황금나무

카페에 들렀다. 해 질 녘이면 햇빛을 받아 황금색으로 변하는 나무
를 볼 수 있는 카페다. 사진작가들이 즐겨 찾는 곳이다. 겨울에는
수많은 철새가 날아와서 그림 같은 풍경을 만들기도 한다.

파란 하늘 아래 파란 잔물결이 일었다. 새 한 마리가 죽은 듯이 맨
오른쪽 가지에 앉자 꼼짝하지 않았다. 하루를 완벽하게 마무리하는
순간이었다. "느림, 작음, 소박함 속에 인생의 행복"이 있음을 느낀
하루였다.

(2021.11.9.)

걷기 좋은 길인데, 사연을 알면 눈물이 난다

▲ 상해 의거 90주년

예산은 충절의 고장이다. 윤봉길 의사가 태어나고 자란 곳이다. 그 곳에 윤봉길 의사 기념관이 있다. 수암산과 덕숭산과 가야산 기슭으로 에워싸였다. 4월 29일은 윤봉길 의사 상해 의거 90주년 기념

일이다. 해마다 이맘때 '매헌윤봉길평화축제'가 열렸다. 2022년에는 윤 의사가 태어난 6월로 연기되었다.

윤봉길 의사 기념관이 훤히 내려다보이는 수암산에 올랐다. 곳곳에 널린 바위가 슬픈 이야기를 담았다. 손자를 잃은 할머니, 병든 부부, 부모를 기다리는 오누이, 아버지 원수를 갚은 형제가 바위가 되어 곳곳을 지킨다. 곧 굴러떨어질 듯 아슬아슬하게 자리 잡았다.

석조보살상

세심천온천호텔 왼쪽이 산행 들머리다. 오르는 길이 널찍하다. 소나무 뿌리가 보일 정도로 바닥이 반들반들하다. 조금 올라 오른쪽으로 들어서면 고려 시대 보살상이 우뚝 서 있다. 보물로 지정된 '예산 삽교읍 석조보살입상'이다. 높이가 549cm나 된다.

돌 두 개로 윗몸과 아랫몸을 이었다. 머리는 사각형 두건으로 깔끔하게 정리했고, 뒤에 두건 매듭이 뚜렷하게 보인다. 그 위에 육각형 지삿갓을 썼다. 네모난 얼굴은 표정이 없다. 코는 파여 뭉개졌고, 귀는 길게 늘어졌다.

▲ 석조보살상

몸통은 얇은 옷으로 가린 듯 줄무늬 몇 개로 표현했다. 왼손은 몸에 붙인 채 아래로 내리고, 오른손은 가슴까지 올려 긴 지팡이를 두 다리 사이로 길게 내려뜨렸다. 투박하지만 정겨운 모습이다.

30분쯤 올라 계단을 지나 두 번째 쉼터에 다다르면 드디어 전망이 탁 트인다. 평상 세 개가 널찍이 놓여있고, 왼쪽으로 삽교 들녘이 오른쪽에 덕산 들녘이 빙 둘러 보인다.

수암산

돌탑을 지나면 산등성이 길이다. 편안하게 걸을 수 있다. 양옆에서
시원한 바람이 불었다. 정자가 있는 곳에 다다르면 수암산 정상석
이 있다. 마을 사람들이 마실 다니듯 오를 만한 거리다. 그곳에 거
북바위가 있다. 바다에 나간 손자 대신 돌아온 거북이를 데리고 살
았다는 할머니 이야기를 품었다. 거북바위라고 하지만 생김새를 가
늠하기 어렵다.

▲ 풍차 전망대

걷고 싶은 길

▲ 할매바위

풍차가 있는 전망대에 들어섰다. 앞을 보니 들녘 가운데 매헌 무궁
화공원과 윤봉길 의사 기념관이 있고, 멀리 45번 국도를 따라 왼쪽
과 오른쪽에 덕숭산과 가야산이 자리 잡았다.

길가에 있는 할매바위는 금방이라도 한쪽으로 굴러떨어질 듯하다.
이어지는 오형제바위가 뛰어나다. 아버지 원수를 죽인 다섯 아들
넋이 깃든 바위다. 아래쪽 비탈에 있는 바위도 아슬아슬하게 낭떠
러지에 걸쳤다.

▲ 오형제바위

▲ 합장바위

걷고 싶은 길

▲ 의자바위

아기 엉덩이와 해골 모양을 한 바위를 지나니, 멀리 합장바위가 보
인다. 오누이가 부모를 기다리다 지쳐 산속까지 찾으러 갔다가 되
었다는 바위다. 의자바위도 있다. 산신령 도움을 받은 동생을 시샘
해서 형이 산신령을 찾아갔더니 의자만 있었다는 이야기다. 뒤로
돌아가 보면 바위 여러 개가 모여 큼지막한 의자가 되었다. 여럿이
앉을 만하다.

▲ 장군바위

안내판 등산 지도에 수암산 정상이라고 나온 곳이 장군바위다. 적
과 싸우다 큰 상처를 입은 장군이 자기 발에 칼을 꽂아 길을 막았다
는 곳이다. 정상석은 없지만 아마도 이곳이 수암산에서 가장 높은
곳일 성싶다.

10여 분 더 가면 연인바위가 멀리 보인다. 공깃돌 같은 바위 두 개
가 나란히 먼 곳을 바라보고 있다. 병든 부부가 날마다 산에 올라 아
이를 맡긴 수덕사 쪽을 바라보다 죽은 뒤 돌이 되었다고 한다.

▲ 연인바위

연인바위를 바라보는 곳에 거무스름한 바위도 있다. 사람들이 바위를 긁어낸 자국이 있고, 밑에는 하얀 가루가 쌓였다. 불상 코를 갈아 먹으면 아들을 낳는다는 속설처럼, 바위 가루를 손에 묻히면 연인처럼 행복하게 살 수 있다고 생각하는 걸까. 산림을 훼손하면 처벌받는다는 경고문이 붙어있다. 이곳을 마지막으로 수암산 바위의 슬픈 이야기는 끝난다.

내리막길 끝에 있는 가루실고개에서 한 부자를 만났다. 금속탐지기로 땅바닥을 샅샅이 뒤지고 있었다. 삐삐 소리가 나니 부지런히 그곳을 모종삽으로 파헤쳤다. 동전 하나가 나왔다. 아이가 환호했다.

삭아서 글씨를 알아볼 수 없지만, 가운데가 사각으로 뚫렸다. 오래된 동전 같았다. 집에 가서 약품 처리하면 알 수 있다고 한다.

아이 아버지가 그럴듯한 설명을 곁들인다. 가루실고개는 옛날에 덕산 둔리에서 삽교 목리로 넘어가는 길목이다. 무거운 짐을 지고 고개를 넘던 사람들이 쉬어 가던 곳이다. 이곳에 앉아 땀을 식히던 사람 주머니에서 엽전 한 닢이 떨어졌다. 땅에 묻혔다가 드디어 빛을 보았다. 아이 입가에 웃음이 멈추지 않았다.

내포사색길

▲ 내포사색길

걷고 싶은 길

가루실고개에서 200m쯤 내려오다 왼쪽 길로 접어들었다. 용봉산과 수암산 산허리에 만들어진 내포사색길의 한 부분이다. 이곳부터 법륜사까지 약 3km 이어진다. 야자 매트와 나무 테크가 잘 갖춰졌다. 이름 그대로 사색하기 좋은 길이다. 알맞게 오르락내리락하고, 전망도 드문드문 탁 트여 지루하지 않다. 봄날에 걷고 싶은 길이다.

산 아래에서는 골프장 공사를 하는 굴착기 소리가 났다. 진달래가 피고 진 뒤에 이어 핀다고 해서 연달래라고도 부르는 철쭉은 거의 지고, 하얀색과 분홍색 모란꽃이 활짝 피었다. 가까이 다가가니 향기가 진동했다. 하얀색 공조팝나무꽃도 바람에 하늘거렸다. 산당화 마디마디에 꽃망울이 맺혔다. 그윽한 향기가 멋을 더했다. 산비탈에서 고사리와 고비를 꺾는 사람들도 있었다.

내포사색길이 끝나는 곳에 법륜사가 있다. 바위 절벽을 파서 만든 굴 법당이 있는 절이다. 사람은 보이지 않고 새소리만 요란했다. 굴 법당 옆 바위에 사천왕상이 새겨졌다. 두 눈을 부릅뜨고 세상이 어떻게 돌아가는지 지켜보는 듯했다. 애써 눈길을 피하고, 서둘러 세심천 쪽으로 발길을 돌렸다. 지난 두 해와 다른 마음으로 맞이한 신록이 눈부시게 아름다운 하루였다.

(2022.5.7.)

왕 두 명을 배출한 곳,
과연 천하 명당이로구나

▲ 남연군 묘

1868년 5월 10일, 충청도 덕산에 있는 남연군 묘를 서양인이 파헤 쳤다. 남연군은 흥선대원군의 아버지이자 고종의 할아버지다. 봉분 한쪽을 팠으나 단단한 석회층을 뚫지 못해 시신을 탈취하는 데 실패했다. 흥선대원군이 명당을 찾아 아버지 묘를 옮긴 지 22년 만에 일어난 일이다.

남연군 묘가 있는 예산 덕산에 갔다. 천하 명당을 둘러보고, 명당을 만드는 산봉우리에 올랐다.

남연군 묘

사도세자 넷째 아들 은신군은 아들 없이 죽었다. 이하응의 아버지 이구가 양자로 들어갔다. 이구는 남연군으로 정조 조카가 되었다. 본래 왕위 계승권에서 멀었으나, 후대에 왕이 나올 가능성이 생겼다.

이하응이 지관에게 명당자리를 물었다. "광천 오서산에 만대영화지지(萬代榮華之地)가 있고, 덕산 가야산에 이대천자지지(二代天子之地)가 있다"라며 두 곳을 추천했다. 그는 만대에 걸쳐 영화를 누리는 곳 대신 두 세대에 걸쳐 임금이 나올 곳을 선택했다.

이하응은 이곳에 있던 가야사를 없애고, 금탑이 있던 자리로 아버지 묘를 옮겼다. 그리고 7년 만에 둘째 아들을 얻으니, 그가 바로 조선 26대 임금 고종이다.

▲ 가야사 옛터

남연군 묘 앞에 섰다. 장명등과 상석과 봉분이 가야산 옥양봉과 일
직선을 이룬다. 옥양봉이 묘의 주산 같지만, 지형도를 보면 석문봉
에서 맥이 흘러내린다고 한다. 약간 왼쪽으로 고개를 돌리면, 석문
봉을 가운데 두고 왼쪽에 가야봉, 오른쪽에 옥양봉이 있다. 두 봉우
리가 혈을 감싸고 내려오는 듯하다. 보통 사람이 봐도 땅 기운이 예
사롭지 않다.

걷고 싶은 길

가야산

남연군 묘 앞 가야사 옛터 오른쪽으로 난 길을 따라 500m쯤 가면 옥양봉 들머리다. 시작은 완만하다. 잔돌을 깔아, 걸으면 바스락거리는 소리가 났다. 때죽나무꽃이 떨어져 길을 수놓았다.

계단이 시작하는 곳에 땔감이 수북이 쌓였고, 암자로 짐을 나르는 모노레일이 설치되었다. 갑자기 경사가 급해진다. 오르막이 이어지고, 숨이 가빠진다. 야트막하게 보이나 만만찮다.

▲ 옥양봉

쉬흔길바위에서 쉬어 간다. 쉬흔길은 충청도 사투리다. 매우 높다는 뜻이다. 이곳부터 전망이 좋다. 조금 더 오르면 옥양봉이다. 정상석과 고사목이 잘 어울린다. 앞으로 가야 할 봉우리가 뚜렷하다. 그늘에 있던 고양이 두 마리가 슬금슬금 다가온다. 전망을 즐기던 등산객이 차에 고양이 먹이가 있는데 가지고 오지 않았다며 안타까워한다.

옥양봉을 지나 철계단에 서면 남연군 묘가 훤히 보인다. 좌청룡으로 옥양봉과 서원산이 옥계저수지까지 이어지고, 우백호로 가야봉과 원효봉이 옥계저수지까지 감싼다. 앞은 탁 트였다. 옥계저수지 너머로 삽교평야가 널찍하게 펼쳐진다. 들판 끝나는 곳에 자리한 봉수산이 남연군 묘를 아스라이 감싼다. 천하 명당이다.

옥양봉에서 석문봉 가는 길은 거의 모두 흙길이다. 바다에서 부는 바람이 시원하다. 내리막길과 오르막길이 길게 이어지나 양쪽 전망이 산행을 즐겁게 한다.

석문봉은 해발 653m다. 정상에 해미산악회가 쌓은 백두대간 종주 기념탑이 있다. 예산산악회에서 검은 돌로, 서산 서부산악회에서 하얀 돌로 정상석을 세웠다. 예산산악회 정상석 뒷면에는 '내포의 정기가 이곳에서 발원하다'라고 새겨졌다.

걷고 싶은 길

▲ 거북바위

석문봉에서 가야봉 가는 길은 바위가 많다. 가는 내내 한적하다. 최고의 전망이 펼쳐진다. 햇볕이 쨍쨍 내리쬐도 그늘져서 걷기 좋다. 샛길이 있으면 기웃거려야 한다. 여러 모양을 한 바위를 볼 수 있다. 앞만 보고 뒤돌아보지 않으면 놓치기 쉽다. 그 가운데 거북바위가 가장 뛰어나다. 거북이가 바위를 넘어간다. 큰 바위가 있으면 굳이 오를 필요는 없다. 옆으로 돌아가면 된다.

가야봉 정상은 방송사 송신탑이 차지했다. 그보다 아래쪽에 전망대가 있고, 그곳에 정상석이 있다. 전망대에 서면 서해와 안면도가 아련하게 보인다.

가야봉에서 헬기장 가는 길은 산비탈에 만들어졌다. 바람은 막혀 불지 않고, 겨우 혼자 다닐 정도로 좁다. 마지막 구간은 경사가 심한 내리막이다. 올라오는 사람들은 가쁜 숨을 내쉬며 힘들어한다. 헬기장에서 상가저수지 내려가는 길은 완만하고 편안하다. 울창한 숲길이다. 새소리와 바람 소리가 함께한다.

상가리 미륵불

▲ 상가리 미륵불

걷고 싶은 길

상가저수지를 지나 남연군 묘로 돌아왔다. 오른쪽 아래 150m 떨어진 골짜기에 미륵불이 있다. 머리에 보관을 쓰고, 눈은 반쯤 감았다. 코는 부스러지고, 두 귀는 어깨까지 축 늘어졌다. 입은 작고, 입술은 두툼하다. 오른손은 가슴까지 올리고, 왼손은 손바닥을 배에 붙이고 있다. 투박하지만 정겨운 모습이다.

미륵불은 등을 돌린 채 북쪽 골짜기를 보고 서 있다. 북쪽에서 쳐들어오는 병마를 물리치기 위하여 북쪽을 바라본다고 한다. 흥선대원군이 가야사를 없애고 남연군 묘를 쓰자 반대쪽으로 등을 돌렸다는 이야기도 있다. 흥선대원군에 대한 민심을 엿볼 만한 부분이다.

어찌 되었든, 두 세대에 걸쳐 흥선대원군의 아들과 손자가 왕이 되었다. 하지만 본인은 말년에 유폐되었고, 조선은 사라졌다. 오랫동안 부귀영화를 누리는 대신 선택한 운명이 얄궂기만 하다.

실제로는 철종이 후사 없이 죽은 뒤, 흥선대원군은 신정왕후와 한패가 되어 고종을 왕위에 앉혔다. 이를 위해 남몰래 준비를 많이 했다. 겨우 26살이 되었을 때, 아버지 묘를 천하 명당으로 옮겼다. 앞날을 믿고 꼼꼼하게 계획을 세웠다. 그리고 기회가 왔을 때 놓치지 않았다. 그의 안목과 처세술과 결단력이 돋보인다.

비록 마지막은 쓸쓸했지만, 황제 두 명을 배출함으로써 이미 바라는 바를 모두 이루었다. 그것으로 만족하며 살았다면 어떻게 되었을까. 흥선대원군이 남긴 자취가 우리에게 큰 가르침을 준다.

(2022.6.7.)

정 지 용 의   고 향   옥 천

향수호수길 황새터 앞

파란 하늘에 이끌려 찾은 곳,
정지용을 만났다

▲ 교동저수지의 얼굴과 손바닥

얼골 하나야
손바닥 둘로
폭 가리지만,

걷고 싶은 길

보고픈 마음

호수만 하니

눈 감을밖에.

정지용 시 〈호수 1〉이다. 그는 옥천에서 태어나 육이오 전쟁 때 행
방불명되었다. 그가 지은 시는 금지되었다가 1988년에 풀렸다. 해
마다 시인이 태어난 5월에 옥천에서 지용제가 열린다.

폭염 경보가 내린 7월 첫 주말, 파란 하늘에 이끌려 대청호를 찾았
다. 시인 정지용을 만나고, 향수호수길을 걸었다.

정지용 생가

정지용 생가에 들렀다. 시인이 태어나서 보통학교를 마칠 때까지
살았던 집이다. 초가집 두 채가 정갈하게 꾸며졌다.

▲ 정지용 생가

집 앞에 실개천이 흐르고, 마당에 얼룩백이 황소가 있다. 어린이가
소를 타고 피리를 불며 즐거워한다. 곁에서 송아지 한 마리도 어미
소를 바라본다. 방안을 들여다보니, 시 몇 편이 벽에 걸렸고, 질화로
가 방바닥에 놓였다. 정지용의 시 〈향수〉를 떠올리게 한다.

걷고 싶은 길

▲ 정지용문학관

▲ 정지용 시인

정지용의 고향 옥천

생가 옆에 정지용문학관이 있다. 그가 지은 시를 보고, 듣고, 느낄 수 있는 곳이다. 문학관에 들어서면 검은 두루마기를 입고, 검은 구두를 신고, 둥근 안경을 낀 시인이 나무 의자에 앉아 있다.

문학 자판기도 있다. 버튼을 누르면 시가 인쇄되어 나온다. 두 손바닥을 하늘로 향하도록 모으면 손바닥이 스크린이 되어 시가 지나가기도 한다. 가곡 향수가 은은하게 흐른다.

걸어서 10분 거리에 있는 지용문학공원에 갔다. 옥천 구읍 중심지가 보이는 언덕에 자리 잡았다. '시비문학공원'이었다가 2020년 이름을 바꿨다. 그래서인지 동갑내기인 김소월 시비도 있다. 박용철과 박목월 같은 시인들 시비도 있다. 시비광장 위쪽에 있는 시인가벽에는 정지용 시인 일대기가 10편으로 나뉘어 새겨졌다.

▲ 교동저수지

걷고 싶은 길

시인가벽 왼쪽 너머로 걸어가면 교동저수지와 자연스럽게 이어진다. 저수지 가장자리에 정지용 시인이 지은 시 〈향수〉, 〈호수〉, 〈홍시〉에 나온 조형물이 설치되었다. 산책하기 좋다. 길을 따라 벚나무가 우거졌다. 한 바퀴 돌면 30분 정도 걸린다.

향수호수길

정지용 생가에서 향수길과 지용로를 따라 차로 5분쯤 가면 향수호수길이 있다. 날망마당에서 주막마을까지 이어지는 5.6km에 달하는 생태문화탐방로다. 옥천 9경 가운데 제8경이다.

▲ 오대리 마을

▲ 솔향 쉼터

옥천선사공원에 차를 세우고 길을 건너면 들머리다. 길이 넓다. 갈림길이 없어 앞으로 가기만 하면 된다. 호수를 끼고 돈다. 흙길과 나무 데크 길과 야자 매트 길로 되어 있어 걷기 좋다. 데크는 산비탈 중간에 아슬아슬하게 만들어졌다. 호수 난간 쪽에 기대면 아찔하다.

햇살이 따가웠다. 그늘 길이고 바람이 살랑거리는데도 온몸이 땀으로 흠뻑 젖었다. 땅에서 후끈한 기운이 올라왔다. 그러나 이 모두를 잠재울 정도로 하늘은 파랗고 구름은 하얗고 금강은 유유히 흘렀다. 아이들이 배를 타고 물살을 가르며 환호성을 질렀다.

걷고 싶은 길

물비늘전망대에 섰다. 본래 취수탑이었으나 지금은 전망대 역할을 한다. 앞을 보면 오대리 마을이다. 육지 속 섬마을이다. 마을 앞과 양옆으로 금강이 흐르고, 뒤는 산으로 둘러싸였다. 예전에는 재를 넘고 여울을 건너 들어갔다고 하나, 대청댐이 만들어진 뒤로는 배로만 드나든다.

우듬지 데크를 지나면, 며느리재 오르는 곳이다. 고개를 넘던 며느리가 정절을 지키기 위하여 벼랑에서 몸을 던졌다고 전해진다. 봄이면 그의 넋이 새하얀 진달래꽃으로 피어난다고도 한다.

▲ 황새터

황새터에 다다랐다. 넓은 들판과 맑은 물이 있어 황새들이 날아들었다던 곳이다. 큰 나무에 둥지를 틀고 사람들과 어울려 살았다고 한다. 지금은 천연기념물로 보호받아야 할 정도로 귀한 새가 되었다.

이곳을 마지막으로 향수호수길은 끝났다. 황새터에서 주막마을까지 2.3km는 폐쇄되었다. 위험 구간이어서 보강공사를 한다고 한다. 공사가 끝나면 다시 오고 싶은 곳이다. 주막마을에 주막이 있는지 확인하고 싶다.

대청호로 흘러 들어가는 금강은 옥천 한가운데를 지난다. 정지용은 시 〈호수 2〉에서 금강이 오리 목처럼 구불거리며 흐른다고 했다. 간지러워 목을 자꾸 비틀다 보니 더 구불구불하게 물길이 생겼다고 했다.

　오리 모가지는
　호수를 감는다.

　오리 모가지는
　자꼬 간지러워.

금강은 대청호가 생긴 뒤 더 아름다워졌다. 정지용 시인은 대청댐이 만들어지기 전에 금강을 바라보며 시를 썼다. 지금 대청호로 흘러 들어가는 금강 물줄기를 본다면 어떻게 표현했을지 궁금하다.

'사람과 산과 물이 만나는' 대청호오백리길을 걸으면 누구나 시인이 된다.

(2022.7.5.)

'사선녀'가 탄성 내지른 곳,
옥천에 있습니다

▲ 부소담악

서기 554년, 백제 성왕이 죽었다. 옥천 관산성 싸움에서 신라군에
게 사로잡혀 살해당했다. 빼앗긴 땅을 찾기 위해 싸우는 아들 부여
창에게 가던 길이었다. 싸움이 끝난 뒤, 백제는 왕권이 떨어졌고, 끝

걷고 싶은 길

내 회복하지 못했다. 신라는 한강 유역을 차지하며, 삼국 통일의 발
판을 마련했다.

옥천은 백제 사비에서 신라 서라벌로 가려면 반드시 지나야 하는
길목이었다. 군사적으로 매우 중요한 곳이었다. 문헌에만 해도, 옥
천에 산성이 19군데 나온다. 군북면 추소리 뒷산에도 산성이 있다.
부여창이 쌓았다는 환산성이다. 고리산성이라고도 부른다. 고리산
은 환산(環山)의 옛 이름이다.

환산은 관산성 싸움이 벌어진 자리로 여겨지는 곳 가운데 하나다.
그곳에 오르면 대청호로 흘러가는 물길이 한눈에 들어온다. 서화천
에서 나온 물이 소옥천을 거쳐, 금강으로 흘러 들어가 대청호에 다
다른다.

한낮의 무더위가 수그러지고 역대급 태풍이 지나간 다음 날, 대청
호를 찾았다. 환산에 오르고, 부소담악을 걸었다.

환산

옥천 군북면 행정복지센터 주차장에 차를 세웠다. 환산로를 따라
철도와 고속도로 굴다리를 지나 오른쪽으로 가면 들머리가 나온다.
대청호오백리길 7-1구간 '환산길'의 끝점이기도 하다. 계단 시작하
는 곳에 '환산의 메아리', '아흔아홉 산봉우리 환산' 표지석과, '환산
등산로 안내도'가 세워졌다.

오르는 길은 쉽지 않았다. 풀이 무성하고, 길이 없어졌다. 지도를 보며 오락가락 몇 번이나 헤맸다. 거미줄이 얼굴을 연달아 덮었다. 늦여름 모기가 땀 냄새를 맡고 따라다녔다. 1971년에 세운 통일동산이라는 표지판도 있었다. 희미하게 길이 있는 곳에 등산 리본이 하나 있었으나 이내 길이 없어졌다. 들머리에 들어선 지 한 시간 가까이 되어서야 겨우 산등성이에 올랐다. 길이 뚜렷하고, 양쪽에서 시원한 바람이 불었다. 멧돼지가 헤집고 다녔는지 움푹 파인 자국이 계속되었다. 겁이 나서 주위에 있는 나뭇가지를 집어 들었다.

옥녀봉에 도착했다. 제3보루다. 보루는 적을 막기 위해 돌을 쌓은 자리다. 산등성이를 따라 고리산성 보루가 여섯 개 있다. 봉수대도 있다. 옥천 월이산에서 신호를 받아 대전 계족산으로 전달한 곳이다. 나뭇잎 사이로 물길이 보일락말락 한다. 쉬운 산등성이 길이 이어진다.

제4보루에 서면 시야가 확 트이면서 소옥천 물길이 보인다. 여러 갈래로 뻗어 구불구불한 물길을 만들었다. 의자에 앉아 오랫동안 쉬었다.

제5보루는 환산 정상이다. 높이 583m다. 헬기장이 있다. 풀이 우거져 헬기 착륙 유도선이 보이지 않을 정도다. 사방이 나뭇잎으로 둘러싸여 하늘만 보였다. 추소리 쪽으로 내려왔다. 길이 험하다. 정상에서 300여m 내려오면 성터다. 굳이 돌로 쌓지 않아도 될 만큼 산등성이가 바윗길이고 뾰족하다.

걷고 싶은 길

▲ 부소담악 전경

갈림길에서 물아래길 쪽으로 400m 내려가면 전망바위가 있다. 환산에 오르는 까닭을 비로소 느낄 수 있는 자리다. 부소담악을 감고 도는 물이 녹조로 푸른빛을 띤다. 낮은 산들이 모여 악어가 무리 지어 있는 듯하다. 높은 산들이 포개져 산그림자를 만든다. 속리산, 민주지산, 월이산, 덕유산이 파노라마처럼 아스라이 보인다.

다시 갈림길로 돌아왔다. 내려오는 길은 매우 가파르다. 밧줄을 잡고 내려와야 한다. 발가락이 아팠다. 날머리에 도착하니 황룡사 앞 주차장이다. 부소담악 안내판이 있다.

부소담악

부소담악(芙沼潭岳)은 부소무니 마을 앞 물 위에 길쭉하게 떠 있는 산이다. 대청댐이 만들어진 뒤, 산 아랫부분이 물에 잠겨 생겼다. 병풍바위를 둘러놓은 듯한 생김새다. 옥천 9경 가운데 제3경이다. KBS2에서 방영된 〈박원숙의 같이 삽시다〉 시즌 3에서 사선녀가 탄성을 지르던 곳이다.

▲ 추소리

걷고 싶은 길

이정표를 따라 장승공원을 지나면 추소정이다. 정자에 걸린 현판에 따르면, '추소리는 추동, 부소무니, 절골, 서낭당 등 자연 부락에 칠십여 가구'가 살았으나 대청댐이 만들어진 뒤 거의 모두 다른 곳으로 옮아갔다고 한다. 정자에서 바라보는 소옥천 모습이 평화롭다. 소나무 너머로 멀리 부소담악 끝부분이 보인다.

▲ 추소정 옆

▲ 선바위

정자에서 내려와 강가를 따라 걸었다. 물길 가장자리에 박힌 바위에 물 나이테가 깊게 드리워졌다. 옛 정자를 지나 더 아래쪽으로 가면 병풍바위가 보이기 시작한다. 약 700m에 이른다고 하나 잘 볼 수 없다.

조심스럽게 내려가 선바위에 다다랐다. 이곳에서 바위를 넘어야 병풍바위 길을 걸을 수 있다. 훌쩍 건너뛰어 갈 수 있다고 하나 물이 불어 건널 수 없었다.

▲ 추소정

부소담악은 강 건너에서 보아야 잘 보인다. 추소리 앞에서 배를 타고 강 건너 미르정원에 갔다. 병풍바위 맞은편에 한 가구가 산다. 주인장은 정원을 예쁘게 가꾸고, 산책길인 도피안길도 만들었다. 산책길을 걸었다. 강아지 한 마리가 안내하듯 졸졸 따라다녔다. 소옥천으로 길쭉하게 불거져 나온 부소담악을 가까이에서 고스란히 볼 수 있었다.

배를 타고 나와 카페에 들렀다. 부소담악이 방송에 나온 뒤, 사람들이 많이 찾는다고 한다. 소옥천 물길을 따라 길게 뻗은 부소담악이 좋은 볼거리다. 자주 찾고 싶은 곳이다.

▲ 구진벼루

집에 오는 길에 구진벼루에 들렀다. 성왕이 신라군에게 사로잡혀
살해당한 곳이다. 환산에서 직선거리로 약 6km 떨어졌다. 백제 성
왕 전사기를 기록한 비석이 있고, 〈박원숙의 같이 삽시다〉를 찍으며
사선녀가 머물던 집이 맞은편에 있다.

(2022.9.10.)

걸고 싶은 길

한반도를 닮긴 닮았는데, 좌우가 바뀌었네

▲ 좌우가 바뀐 한반도 지형

한반도를 닮은 지형이 우리나라 곳곳에 있다. 영월 선암마을, 정선 동강, 진천 초평호에 있는 한반도 지형이 널리 알려졌다. 한반도 모양을 한 호수도 있다. 충주 심항산 전망대에서 충주호를 바라보면

호수 생김새가 한반도를 닮았다.

대전 가까이에도 몇 군데 있다. 영동 월류봉에서 바라보는 초강천과 옥천 탑산 가는 길에서 바라보는 금강에 한반도 지형이 있다. 옥천 둔주봉 가는 길에서도 볼 수 있다. 이곳은 다른 곳과 달리 좌우가 바뀐 모양이다. 옥천 9경 가운데 제1경이다.

11월 초, 옥천 둔주봉에 올랐다. 대청호오백리길 13구간 '한반도길'의 한 부분이다. 금강 강변길을 걷고, 독락정에도 들렀다.

한반도 지형

옥천 안남면 행정복지센터 주차장에 차를 세웠다. 안남초등학교 옆으로 난 길을 걸었다. 가을걷이가 거의 마무리된 듯 한가로운 시골길이다. 둔주봉 가는 방향을 알려주는 표시가 친절하게 곳곳에 붙어있다. 차량이 겨우 한 대 지나갈 정도인데, 등산로 입구까지 가는 차가 여럿이다.

20여 분 만에 점촌고개에 다다랐다. 산행 들머리다. 시작부터 오르막이다. 나무 계단이 만들어졌고 야자 매트가 깔려있다. 그 위에 나뭇잎이 떨어져 밟으면 발밑에서 부스러졌다. 차가운 기온에 땀은 나지 않고 상쾌한 기분이 들었다.

걷고 싶은 길

▲ 거울 속 한반도 지형

운동 기구가 설치된 평평한 곳에서 잠시 쉬었다. 다시 내리막길을
거쳐 가파른 오르막을 한 번 더 지나면 한반도지형전망대다. 정자
도 있고, 산불 감시 초소도 있다.

앞을 보면 휘돌아가는 금강 물줄기가 보이고, 그 가운데 한반도 지
형이 있다. 다른 곳과 달리 왼쪽과 오른쪽이 바뀌었다. 전망대에 설
치된 거울을 통해 보면 제대로 된 모습이다.

둔주봉

전망대에서 800m쯤 오르면 둔주봉(屯駐峯)이다. 해발 384m다. 전망은 그다지 볼 것 없다. 나뭇잎 사이로 금강이 보일락말락 한다. 산악회 리본이 많이 달렸다.

재경 안남산악회에서 세운 정상석에는 등주봉(登舟峯)이라고 쓰여 있다. 산 아랫마을에서 오랫동안 터를 잡고 살아온 초계 주 씨 족보에 등주봉이라고 기록되었고, 마을 이름도 배바우라고 한다. 마을 사람들이 본래 이름을 찾기 위해 나섰다고 하나, 옥천군청 홈페이지에는 모두 둔주봉으로 되어 있다.

정상에서 내려가는 길은 세 갈래다. 피실, 금정골, 고성 방면이다. 그 가운데 주차장과 가장 가까운 고성 쪽으로 내려왔다. 내려가는 길은 급경사다. 계단에 낙엽이 쌓여 잘 보이지 않았다. 내내 발에 힘을 주고 내려오면 산등성이 길이 이어진다. 늦가을을 제대로 즐길 수 있는 구간이다. 낙엽 부스러지는 소리가 정겹게 들렸다.

햇빛 잘 드는 곳을 골라 낙엽 위에 앉았다. 모든 소리가 멈췄다. 바람 소리도, 물소리도, 새소리도 들리지 않았다. 오랜만에 온갖 소음에서 완전히 차단되었다. 한참 있으니 희미하게 벌레 소리가 들렸다. 아! 늦가을이니 새소리일까? 매우 작은 새소리 같기도 했다. 이런 순간이 있을까 할 정도로 마음이 차분해졌다.

금강 강변길

고성으로 가는 마지막 길은 급경사다. 다 내려가면 개인 땅이 나온다. 농지 개발 중이다. 굴삭기로 산비탈을 깎아 파헤치고 있다. 그곳을 지나면 금강을 만난다. 이 물줄기가 대청호로 흘러 들어간다. 강변길을 따라 금강 상류 쪽으로 걸었다. 차가 다닐 정도로 넓다. 흙먼지 날리는 길이다.

강물은 녹조로 덮였다. 강가에 있던 새 한 마리가 사람 소리에 놀라 날아올랐다. 녹조 가득한 강물에 앉지 못하고 아주 멀리 날아갔다.

자연인처럼 천막집에서 사는 사람도 있다. 벌통 수십 통이 뒤꼍에 있다. 큰 평상과 경운기도 있다. 강가에 고무보트가 한 척 있고 그물도 나무에 걸려있는데, 이런 곳에서 잡은 고기를 어떻게 하는지 궁금하다. 개 두 마리가 사납게 짖어댔다. 주인이 소리치니 바로 꼬리를 내리고 물러섰다.

안남천이 금강으로 흘러 들어오는 곳에 이르렀다. 흙길이 끝나고 포장도로가 시작된다. 강가에 작은 배가 여러 척 있다. 한반도 지형으로 오가는 배일성 싶다. 길옆에 세워진 차도 많다. 낚시꾼들이 부지런히 손목을 낚아챘다. 그나마 이곳은 녹조가 심하지 않았다.

▲ 독락정 가는 길

▲ 독락정

걷고 싶은 길

언덕 위에 독락정(獨樂亭)이 있다. 1630년 첨지중추부사를 지낸 주몽득이 세운 정자다. 대문은 잠겼고, 담장은 높았다. 전망 좋은 곳에 세워졌으나, 지금은 '동락정양수장'이 바로 앞에서 금강을 가로막고 있다. 툇마루에 앉아 금강을 바라보며 이야기를 주고받았을 선비들 모습이 떠올라 안타까웠다.

독락정 앞 금강 건너로 보이는 산이 한반도 지형 남쪽 자락이다. 지나가던 차가 멈추더니 물었다. 한반도 지형을 보러 왔는데 전혀 알 수 없다며 의아스러운 표정을 지었다. 산 위에서 찍은 사진을 보여주며 한반도지형전망대로 올라가라고 했다. 안남면 행정복지센터 주차장에서 45분 걸린다고 하니 망설인다. 그들이 전망대까지 올라갔는지 궁금하다. 그때가 늦은 점심을 먹을 시간이었다.

▲ 안남면사무소 앞 둥실둥실배바우

주차장으로 돌아온 뒤 식당에 들러 올갱이 국밥을 먹었다. 금강에
서 잡은 올갱이로 만들었다. 속이 풀리는 국물에 올갱이가 푸짐하
다. 금강 주변에서 맛볼 수 있는 특별한 먹거리다.

(2022.11.10.)

CNN이 뽑은 가볼 만한 곳, 옥천 용암사

▲ 용암사 운해 ⓒ배재성

미국 CNN이 '한국의 아름다운 곳 50'을 뽑았다. 서울을 빼고, 전국에 걸쳐 가볼 만한 곳을 2012년에 처음 선정한 뒤, 2019년 11월에 업데이트했다. 충청 지역에서는 옥천 용암사와 꽃지 해수욕장이 들어 있다.

추석을 앞둔 주말, 장령산자연휴양림에서 하룻밤 보냈다. 치유의 숲길을 걷고, 장령산에 올랐다. '구름이 춤추는 곳' 용암사 운무대에도 갔다. 용암사는 장령산 북쪽 산허리에 있다.

장령산자연휴양림

옥천 장령산과 충남 최고봉 서대산 사이에 금천계곡이 있다. 옛날에 금을 캤다고 해서 금천(金川)이다. 이곳을 따라 장령산자연휴양림이 만들어졌다. 옥천 9경 가운데 제5경이다. 여름에는 물놀이, 가을에는 단풍놀이로 사람들이 붐비는 곳이다.

치유의 숲 산책길을 걸었다. 소원길과 장령길로 이어진 3.9km 길이다. 누구나 쉽게 걸을 수 있도록 잘 닦아졌다. 정지용의 시 여러 편이 길을 따라 전시되어 있다.

가는 길 오른쪽에 금을 캐던 굴이 있다. 그곳을 지나면 시원한 바람이 굴속에서 나온다. 숲속 동굴 체험파크 공사 중이다.

걷고 싶은 길

▲ 금천계곡

소원바위 앞에 섰다. 임진왜란 때 의병장 조헌이 금산 싸움터로 나가면서 소원을 빌었다는 곳이다. 한국전쟁 때는 주민들이 이곳으로 피난 왔다고 한다. 바위 앞에 돌탑이 올망졸망 모여 있다. 지나가는 사람마다 소원을 빌며 탑을 쌓았다.

소원길이 끝나면 계곡을 건너 장령길이 이어진다. 장령산 기슭에 만들어진 데크 길이다. 천천히 걸었다. 평상이 곳곳에 있어 쉬어 가기 좋다. 이곳에서 산림치유 프로그램을 운영한다고 한다.

용암사

숲속의 집에서 하룻밤 보냈다. 지난여름에 찾았던 것과는 달리 휴양림의 가을밤은 쓸쓸했다. 풀벌레 우는 소리가 요란했다. 다음 날 장령산에 올랐다. 새벽 어스름에 길을 나섰다. 운해와 일출을 보러 휴양림 반대쪽에 있는 용암사로 갔다. 용암사 일출은 옥천 9경 가운데 제4경이다.

숲속의 집 느티나무동 옆길을 따라 임도에 들어서면 용암사 가는 길이다. 사목재를 지나 계단을 오르고 밧줄에 기대어 바윗길을 걸었다. 산등성이에 오르면 걷기 좋은 흙길이다. 운해와 일출이 기대되어 발걸음이 빨라졌다.

휴양림을 출발한 지 한 시간쯤 걸려 운무대(雲舞臺)에 도착했다. 용암사 위쪽에 자리 잡은 전망대다. 용암사 바로 앞까지 차를 몰고 올 수 있어 사진작가들이 즐겨 찾는 곳이다.

해는 이미 떠오르고, 구름은 없었다. 하늘은 맑았다. 밤새 달려온 사진작가들은 삼각대를 접고 있었다. 그들의 얼굴에 실망한 기색이 또렷했다. 구름이 춤을 추듯 일렁거린다고 했는데 아쉬웠다. 열 번쯤은 와야 멋진 풍경을 볼 수 있는 자격이 생긴다고 한다. 아쉬운 마음을 뒤로 한 채 절 구경하러 아래쪽으로 내려갔다.

걷고 싶은 길

▲ 마애여래입상

용암사는 552년에 지어졌다. 근처에 있는 바위가 용과 같은 생김새를 하고 있어서 용암사라고 부른다. 신라 마지막 왕자가 금강산으로 가는 도중 이곳에서 고향을 바라보며 슬피 울었다는 전설이 있다. 절을 둘러싼 산은 구름바다로 뒤덮이고, 구름을 뚫고 떠오르는 해는 보는 사람의 말문을 막히게 한다. CNN이 소개한 내용이다.

내려가는 길에 마애여래입상이 있다. 큰 바위에 견주면 아담하다. 발밑에는 연꽃무늬가 새겨졌다. 떠오르는 햇빛에 온 바위가 붉게 보였다. 마의태자를 추모하기 위해 만들었다고 하여 마의태자불이라고도 한다.

이곳저곳을 기웃거렸다. 새벽같이 차를 몰고 올라온 사람들은 아쉬워하며 떠나고 절은 적막에 싸였다. 다시 운무대를 거쳐 산등성이로 올라와 장령산 정상 쪽으로 발길을 돌렸다.

장령산

거북바위 가는 길은 줄곧 오르막이다. 비탈길과 계단을 지나 20여 분 가면 거북바위가 나온다. 큰 바위 위에 거북이 한 마리가 엎드려 있다. 바위를 넘어가려는 듯 목을 길게 뻗었다. 아래쪽에는 넓은 데크가 설치되어 있다. 운무대 못지않은 해맞이 장소다.

▲ 거북바위

걷고 싶은 길

▲ 서대산

▲ 왕관바위

정지용의 고향 옥천

터널을 빠져나온 KTX가 제트기 소리를 내며 지나갔다. 다시 밧줄을 잡고 바위를 넘었다. 소나무 한 그루가 감탄을 자아낸다. 기다란 줄기가 바위 틈새에 묻힌 채 뻗어 올라가고 있다. 흔치 않은 모습이다. 끈질긴 생명력을 느끼는 순간이다. 곧이어 왕관바위가 나온다. 앞에서 보면 왕관처럼 보이나 나무와 다른 바위에 가려졌다.

등산 안내도에는 왕관바위와 함께 좁은 문 또는 굴이라고 나란히 적혀 있다. 바위 사이로 날씬한 사람이 겨우 빠져나갈 틈이 있으나, 주위를 둘러봐도 굴은 찾을 수 없다. 추락 위험이 있다고 안내판이 경고한다. 밧줄을 잡고 옆으로 돌아 뒤로 갔다. 바위 아래쪽에 사람이 기어서 지날 수 있을 정도의 공간이 있다.

왕관 바위를 지나 해발 506m 작은산까지는 가파른 바윗길이다. 곳곳에서 밧줄을 잡고 올라야 한다. 군데군데 전망이 트여 멋진 풍경을 볼 수 있다. 오른쪽으로 서대산 자락이 보이고, 왼쪽으로 옥천읍이 보인다.

장령정에 들어섰다. 이층으로 된 정자다. 앞쪽에 전망대가 따로 만들어져 한 무리가 와도 충분히 쉬어 갈 정도로 넓다. 정자에서 장령산 정상까지는 편안한 길이다. 해발 656m 정상에 도착하니, 크고 작은 정상석 두 개가 나란히 서 있다. 고래 모양을 한 장찬저수지도 나뭇잎 사이로 보인다. 예능 프로그램 〈바퀴 달린 집〉에 나왔던 곳이다. 산악회 리본 가운데 하나가 눈길을 끈다. '명산 1000 챌린지'에 도전하는 산꾼이 매단 것이다. '신에게는 아직도 834개의 산이 남아있습니다'라고 썼다.

이곳에서 갈지자형으로 난 길을 따라 내려왔다. 전망대가 잇따라 나온다. 전망은 거의 비슷하다. 다 내려오면 장령산자연휴양림 치유의 숲이다. 힐링타임 하우스에 들렀다. 돌려받은 옥천사랑 상품권으로 물 치유실에서 족욕을 했다. 피로가 말끔히 풀렸다.

지난여름은 무더위가 대단했다. 기상학자들은 해마다 더 더워질 것으로 예측한다. 앞으로는 지난여름이 가장 시원한 여름으로 기억될 수도 있을 것이라고 한다. 휴양림에서 보낸 가을날이 소중한 추억으로 남는 이유다.

(2023.9.25.)

백범 흔적이 있는 마곡사

마곡사 극락교 주위

백범 선생이 질풍노도의 20대를 보내던 곳

▲ 백범당 (가운데)

과학자로 꿈이 바뀌기 전까지 나의 우상은 백범 김구 선생이었다.
유난히 나라 사랑을 강조하던 초등학교 6학년 담임선생은, 시간 날
때마다 독립운동 이야기를 들려주었다. 귀를 쫑긋 세우던 아이들을

걷 고 싶 은 길

보며, 선생님은 무엇을 바라셨을까? 겨레의 큰 스승 김구 선생 이야기는 단골 메뉴였다.

세월이 한참 흐른 뒤, 문득 가보고 싶었다. 명성황후 시해 가담자인 일본군 장교를 죽이고, 붙잡혀 옥살이하다가, 탈옥하여 머무른 자취를 보고 싶었다. 가까운 곳이었다. 공주 태화산 마곡사에 갔다.

> 마곡(麻谷)을 향(向)하야 안개를 헤치고 드러간다. 거름거름 드러간다. 한발걸음식 오탁세계(汚濁世界)에서 청량계(淸凉界)로, 지옥(地獄)에서 극락(極樂)으로, 세간(世間)에서 거름을 윔기어 출세간(出世間)의 거름을 거러간다. 〈정본 백범일지, 2016, 돌베개〉

마곡사 사계를 기록하고 싶었다. 겨울 이야기를 쓰기 위해 눈이 오기를 기다렸다. 입춘이 다가오자, 조바심이 났다. 눈 덮인 마곡사를 사진으로 담아야 하는데 눈 소식은 없었다. 입춘이 지나자 부랴부랴 마곡사를 찾았다. 백범 명상길 1코스 백범길과 2코스 명상 산책길을 걸었다.

백범당

백범당에 갔다. 김구 선생 기념관이다. 원래 없었으나, 고증을 거쳐 2004년에 만들었다. 마곡사에서 이를 백범당으로 이름 붙여, 백범과 맺은 인연을 소개했다.

1898년 늦가을에, 선생이 마곡사를 처음 찾았을 때 "장목교(長木橋)를 지나서 심검당(尋劍堂)에 들어간즉……. 이 서방이 나를 심검당에 앉히고……" 등으로 백범일지에 기록했다. 심검당은 극락교를 지나서 대광보전 동쪽에 있다.

백범당 벽에 시 한 편이 걸렸다. 백범 선생 친필 휘호다.

> 답설야중거(踏雪野中去): 눈을 밟고 들판을 갈 때,
> 불수호난행(不須胡亂行): 모름지기 함부로 걷지 말라.
> 금일아행적(今日我行迹): 오늘 내 발자취가,
> 수작후인정(遂作後人程): 뒷사람 이정표가 될 것이니.

서산대사의 시로 알려졌으나, 대동시선 권 8에 실린 조선 후기 문인 이양연(李亮淵)의 시 '야설(野雪)'이다. 그중에서 두 글자(穿 → 踏, 朝 → 日)만 바꿨다. 선생은 이를 즐겨 인용하며, 평생 좌우명으로 삼았다.

삭발바위

대웅보전 옆문을 나와 희지천(希之川)을 따라서 올라갔다. 삭발 바위가 있다. 승려가 되기로 결심하고 삭발한 곳이다.

> 사제(師弟) 호덕삼(扈德三)이가 체도(剃刀)를 가지고 천변(川邊)으로 나가서, 삭발진언(削髮眞言)을 쏭알쏭알 하드니, 내의 상투가 모래 우

에 뚝 떠러진다. 임의 결심(決心)을 하엿지만은 머리털과 갗이 눈물
이 뚝뚝 떠러진다.

법당에서는 종(鍾)을 울니고, 향적실(香積室)에서 공양주(供養主)가
불공(佛供) 밥을 짓고, 각암좌(各菴座)에서 가사착복(袈裟着服)을 한
중들이 수백명(數百名)이 회집(會集)하고, 나도 흑장삼(黑長衫) 홍가사
(紅袈裟)를 착(着)하야 대웅보전(大雄寶殿)으로 인도(引導)한다. 〈정본
백범일지〉

이 땅의 젊은이도 군대 가기 전에 머리를 깎는다. 눈물을 흘리기도
한다. 조국과 민족을 위하여 흐르는 눈물인가. 아니면 사랑하는 가
족과 헤어져 저절로 떨어지는 눈물인가.

▲ 삭발바위

백범 흔적이 있는 마곡사

백련암

▲ 백련암

백범 선생이 원종(圓宗)이라는 법명으로 머물며 수행하던 백련암(白蓮菴)에 갔다. 은적암 가는 길을 따라가다 오른쪽으로 난 좁은 오솔길을 오르면 암자가 나온다. 태화산 중턱에 자리 잡았다. 관음전 옆 건물이 선생이 머물던 요사채라고 했다. 편액이 보이지 않았다. 인기척에 보살이 문을 열었다. 선생처럼 온화한 미소를 띠었다. 안에 감추어진 편액을 가리켰다. 성윤당(性允堂)이다.

당시 선생은 질풍노도의 20대였다. 겨우내 기나긴 밤을 어떻게 보냈을까. 성윤당 앞 약수로 뜨거운 가슴을 식혔을 것이다. 그때를 생각하며 약수를 한 모금 마시니 속이 시원했다.

백련암 뜰을 지나 계단을 올라갔다. 마애불이 있다. 한 가지 소원은 꼭 들어준다고 한다. 광복을 위해 두 손 모았을 선생 모습이 눈에 선했다. 나는 무엇을 빌까. 한참 망설였다.

선생은 반 년 정도 머물다 1899년 봄에 마곡사를 떠났다.

> 나는 진세간(塵世間) 연(緣)을 다 할단(割斷)치를 못하엿거나, 망명객(亡命客)의 임시(臨時) 은신책(隱身策)으로거나, 하여(何如)하엿든지 단(但)히 청정적멸(淸淨寂滅)의 도법(道法)의만 일생(一生)을 희생(犧牲)할 마음은 생기지 아니한다. (…) 하은(荷隱)을 불너 둘이 한참 닷토더니, 세간을 내어 준다. 백미(白米) 십두(十斗)와 의발(衣鉢)을 주어 큰방으로 내여 보낸다. 그날브터는 자유(自由)일다. 백미 십두를 방매(放賣)하야 여비(旅費)를 하여 가지고 경성을 향(向)하고 출발(出發)하엿다. 〈정본 백범일지〉

백범 기념 식수

광복 이듬해, 선생은 마곡사를 다시 찾았다. 20대 승려에서, 70대
한 나라 주석이 되어 온 것이다. 마곡사 동구에 승려들이 늘어서 환
영했다. 능엄경(楞嚴經)에 나오는 대광보전 주련(柱聯)을 보고 지난날
을 돌이켜 생각했다.

> 각래관세간(却來觀世間): 물러나 속세를 돌아보니,
> 유여몽중사(猶如夢中事): 마치 꿈속 일만 같다.

광복을 위하여 독립운동 하던 시절을 돌아보니, 마치 꿈같았으리
라. 주련은 선생의 미래를 예언하듯, 세월이 흘러도 그 자리에 그대
로 있었다.

선생은 염화실(拈花室)에서 하룻밤 묵고, 기념으로 무궁화 한 포기와
향나무 한 그루를 심었다. 그 향나무가 푸름을 간직한 채 지금도 백
범당 옆에 남았다.

▲ 극락교

마곡사에 가면 백범 김구 선생이 있다. 절규하며 통일 정부를 주장하던 우리 겨레의 지도자가 있다. 수십 년이 흐른 지금 "호미로 막을 것을 가래로 막는다"라는 느낌을 지울 수 없다. 선생 소원대로 남과 북이 하나가 되는 날을 기다려 본다.

(2019.2.12.)

봄이면 언제라도 좋다,
그래서 '춘마곡'

▲ 가짜 나발봉

봄이면 언제라도 좋다. 그래서 '춘마곡(春麻谷)'이라고 했다. 온통 초록이다. 신록 축제가 한창인 4월 말, 마곡사를 찾았다. 극락교 주위 연둣빛 나뭇잎 사이로 연꽃이 활짝 피었다.

걷고 싶은 길

백범 명상길 3코스 송림숲길을 걸었다. 백련암을 지나 활인봉과 나발봉을 거쳐 마곡사로 돌아오는 10km 길이다. 나발봉 전후 '솔잎융단길(1.5km)'과 '황토숲길(2.0km)'이 송림숲길 가운데 최고의 구간이다.

백련암에 갔다. 백범 선생이 추운 겨울을 보낸 요사채 성윤당(性允堂)에도 봄이 왔다. 겨우내 사용한 문풍지를 걷어내고, 문이 활짝 열렸다. 찻집도 영업을 다시 시작했다.

백련암 앞마당에 섰다. 멀리 내려다보니 지난겨울의 삭막함은 간데없고, 초록이 온 세상을 감쌌다. 백범 선생이 "풍진 세상과 인연을 다 끊지 못하고, 청정 적멸의 도법에만 일생을 희생할 마음이 생기지 아니하여, 백미 열 말을 팔아 여비를 해서 경성으로 출발"했을 때도 이즈음이었을까.

초록에 묻힌 마곡사를 떠나며, 백범 선생은 어떤 생각을 했을까. 큰 꿈을 품었으리라. 조국 광복을 위하여 큰 세상으로 나가고 싶었으리라.

솔잎융단길

▲ 활인샘

활인샘이 있어서 활인봉이다. 태화산에서 가장 높은 봉우리다. 활인봉 가기 전, 주 등산로를 벗어나 왼쪽으로 약 150m 내려가면 큰 바위가 있다. 물이 땅에서 솟아 나오지 않고, 바위틈에서 한두 방울씩 끊임없이 떨어진다. 죽어가는 사람도 마시면 살아난다는 생명수다. 마시기에는 망설여졌다. 파릇한 이끼가 보였다. 이제는 사람 대신 이끼에게 생명수가 되었다.

148

▲ 할미바위

활인봉을 지나면 완만한 능선이다. 솔잎융단길이다. 솔잎으로 뒤덮인 오솔길이다. 영화제에 초청된 배우처럼, 솔잎 융단 위를 한껏 뽐내며 걸을 수 있다.

샘골 갈림길에서 나발봉 가는 쪽에 할미바위가 있다. 돌탑을 쌓고 소원을 비는 것처럼, 바위 밑에 나뭇가지를 기대어 놓고 소원을 빈다. 산객들의 소원 성취를 위한 정성이 대단하다. 나발봉 가는 길목에 있는 무덤에도 나뭇가지가 꽂혔다. 무덤을 지나는 산객들이 그냥 지나치지 않고 예를 표하는 방법이다.

▲ 솔잎융단길

솔잎융단길 소나무는 위로만 자라지 않는다. 마치 해탈문과 천왕문을 일렬로 놓지 않고 조금씩 비틀어 깊이감을 더한 것처럼 소나무는 한껏 비틀어지고 굽었다. 울창하지 않아 긴장감이 없다. 덕분에 주위를 돌아보는 여유가 생긴다. 그래서 더욱더 아름다운 숲길이었다. 잠깐 내린 보슬비와 함께 산안개도 살포시 내려앉았다가 지나간다.

걷고 싶은 길

황토숲길

나발봉에 정상석이 없다. 나발봉까지 250m라는 안내 표지목에서 주 등산로를 벗어나 왼쪽으로 올라가는 길이 나발봉 가는 길이다. 혼자 겨우 지나갈 정도로 좁다. 나무가 우거진 숲을 뚫고 가야 한다. 낙엽이 수북이 쌓였고, 멧돼지가 땅을 헤집고 다닌 흔적이 보였다.

정상에 올라가니 사방이 훤히 보였다. 정상석은 없고, 삼각점만 있다. 나발봉은 도적의 파수꾼이 보초를 선 곳이다. 무슨 일이 있으면 나발을 불어 신호를 보냈다고 한다. 보초 서기 좋은 곳임을 한 번에 알만했다. 근처 무성산에서 활동했던 홍길동 무리에게도 나발 소리가 들렸을지 궁금했다.

다시 주 등산로로 돌아와 올라가면 팔각정이 있다. 정자 안에 '나발봉 417m'라는 나무 푯말이 세워졌다. 사람들이 이를 보고 나발봉으로 생각한다. 가짜 나발봉이다.

황토숲길이 이어졌다. 송림 가운데 으뜸이라는 적송이 반긴다. 다른 곳과 달리 좁은 오솔길이다. 맨발 산책이 가능할 정도로 부드럽다. 아무 생각 없이 그냥 걷기만 해도 좋았다. 삼림욕을 즐기며, 몸은 물론 마음마저 건강해지는 느낌이 들었다.

대웅보전

희지천을 따라 흐르는 물소리마저 봄을 닮아 싱그러운 소리를 냈
다. 징검다리를 건너 대웅보전에 갔다. 외관상으로 2층 건물이지만,
내부는 하나의 공간이다. 중층 건물 특징인 통층식 구조다. 안에 들
어서면, 싸리나무 기둥이 네 개 있다.

  "마곡사 싸리나무 기둥을 몇 번 돌았느냐?"

염라대왕 앞에 가면 묻는다. 많이 돌았다면 극락에 가까이 왔고, 아
예 돌지 않았다면 지옥에 떨어진다고 한다. 아들이 없는 사람이 기
둥을 안고 돌면, 아들을 점지해 준다고도 한다. 싸리나무 기둥은 사
람들 손때로 반질반질 윤기가 났다.

공주 마곡은 십승지지(十勝之地) 중 하나다. 전쟁이나 천재지변이 일
어나도 안심하고 살 수 있는 곳이다. 정감록과 택리지 등에 언급되
었다. 마곡사 뒤로 숨은 샘골마을을 보면 확실히 느낄 수 있다.

산으로 에워싸인 좁은 입구에서는 상상하기 어려운 농지 10만여 평
을 품었다. 굽이치는 물길이 앞을 가로막았다. '유구마곡양수지간
가활천인지명(維鳩麻谷兩水之間 可活千人之命)'인 십승지지가 틀림없다.

▲ 희지천 징검다리

공주 태화산 마곡사에 송림숲길이 있다. 온통 초록에 둘러싸인 '춘마곡'의 깊이를 더해주는 숲길이다. 홀로 걸었다. 싱그러운 봄날이었다.

(2019.4.28.)

땅의 기운이 모두 모여, 세조도 감탄한 곳

▲ 마곡사 가는 길

아내가 떠났다. 딸과 함께 여행을 갔다. 딸은 오랜만에 한 달여 황금 휴가를 얻었다. 딸은 제안했고, 아내는 흔쾌히 받아들였다. 딸과 아내의 얼굴에 함박웃음이 가득했다.

홀로 남은 나도 떠났다. 마곡사에서 하룻밤 보냈다. 여러 번 찾은 마곡사다. 마곡의 유혹에 빠진 지 오래인데, 하룻밤 머물 생각에 또 다시 마음이 설렜다.

성공한 문화 체험

템플스테이는 2002년 한일 월드컵 이후 매우 활발하게 시작되어, 우리 전통문화의 우수성을 알리는 데 기여했다. OECD는 "매우 경쟁력 높은 문화자원"으로 선정하며, "한국에서 가장 성공한 문화 체험 상품으로, 국제화 잠재력이 높다"라고 평가했다.

한국불교문화사업단이 '2018 템플스테이 우수 운영 사찰'로 선정할 정도로, 마곡사 템플스테이는 유명하다. "소나무 숲속 솔바람길 걸으며 명상의 시간을 가져 보고, 바쁜 일상에서 벗어나 앞만 보고 달려온 자신의 삶을 되돌아보며, 위로와 회복을 경험할 수 있다"라고 소개했다. 분위기를 느끼고 싶었다. '수리수리 숲소리' 휴식형 템플스테이를 신청했다.

▲ 템플스테이 가는 길

▲ 극락교

걷고 싶은 길

첫째 날 오후 4시에 도착했다. 하룻밤 머물 방을 배정받고, 수련복으로 갈아입었다. 어색했지만, 몸은 편했다. 감촉도 좋았다. 사찰에 잿빛 옷이 많은 까닭이 궁금했다.

청빈하고 절제된 삶을 나타내는 색깔이 필요했다. 아궁이에서 숯가루를 쉽게 구했다. 곱게 빻아 자루에 넣고 물과 함께 치대면, 잿빛 옷감이 만들어졌다. 사찰에서 잿빛 옷을 많이 입은 계기다. 지금은 시대 흐름에 따라 여러 가지 색깔을 쓴다.

대광보전 삿자리

사찰 안내를 받았다. 대광보전 '삿자리를 짠 앉은뱅이' 이야기가 걸작이었다. 180여 년 전, 앉은뱅이가 백일기도를 하며 부처님께 바칠 삿자리를 짰다.

　　"다음 생에 걸을 수만 있다면, 평생 불교에 귀의하여 살겠습니다."

삿자리를 짜며 기도하다 보니, 간절한 소원은 온데간데없이 사라졌다.

　　"지금 이대로도 감사합니다."

백일이 지나고 삿자리를 완성한 뒤, 법당을 나섰다. 자신도 모르게

뚜벅뚜벅 걸어 나왔다.

▲ 대광보전과 대웅보전

지금은 대광보전 마루에 양탄자가 깔렸고, 그 밑에 삿자리가 있다.
그때 짠 삿자리인지는 알 수 없었다.

청기와를 보았다. 대광보전 용마루에 청기와가 하나 얹혔다. 대광
보전 옆 계단을 올라 대웅보전 앞마당에서 찾아보면 쉽게 눈에 띈
다. 저승에 갔을 때 마곡사 청기와를 보았는지 염라대왕이 꼭 물어
본다고 한다.

걷고 싶은 길

명상과 요가

산사의 하루는 일찍 끝나고 일찍 시작된다. 9시에 잠자리에 들었다. 사방이 어둠에 묻혀 고요했다. 소쩍새가 구슬피 울어 댔다. 눈은 감았지만, 정신은 초롱초롱했다. 한참을 뒤척였다.

새벽 4시에 일어났다. 찬 공기가 상쾌하게 다가왔다. 숙면으로 머리도 맑았다. 몸은 훨훨 날아오르고, 마음은 조용히 가라앉았다.

새벽 예불 뒤, 스님과 함께하는 명상의 시간이 있었다. 반가부좌를 하고 눈을 감았다. 긴 들숨과 긴 날숨, 그 사이 5초간 멈춤. 호흡이 쉽지 않았다. 목탁 소리와 물소리, 새소리가 절묘하게 어우러졌다. 밤꽃 향기가 창문 사이로 진하게 스며들었다.

호흡에 집중했지만, 명상 시간이 길어지자 잡념이 꼬리를 물었다. 이내 마음이 평안해지고, 무념무상에 들었다. 눈꺼풀이 한없이 무거워졌다. 하마터면 숙면에 빠질 뻔했다. 갑작스러운 죽비 소리에 화들짝 깨어났다.

간단한 요가 동작도 반복했다. 몸이 말을 듣지 않았다. 쉬운 자세에도 삭신이 쑤셨다. 이마에 땀방울이 송알송알 맺혔다. 나이 탓이라고 에둘러 자신을 달랬다.

만세불망지지

▲ 군왕대

군왕대(君王垈)에 갔다. 영산전을 거쳐 산신각 오른쪽 비탈길을 오르면 군왕대다. 세조가 감탄한 곳이다. 마곡사에서 땅 기운이 가장 세다.

> "내가 비록 한 나라의 왕이지만, 만세불망지지(萬世不亡之地)인 이곳과는 비교할 수 없구나!"

왕이 나올 정도로 기운이 강하여, 암매장하는 사람이 많았다고 한다. 그들 자손이 발복되어 왕이 될까 두려웠는지 조선 조정에서는 매장된 유골을 모두 파내고, 공간을 돌로 채웠다고 한다.

20평 남짓한 공터다. 땅 기운이 여러 갈래로 흘러 내려오다 멈춘 곳이다. 더는 가지 못하고, 이곳에 모두 모였다. 좋은 기운을 받기 위해 많은 사람이 찾아온다. 나도 오랫동안 머물렀다.

명당을 차지해 운명을 바꾸려는 자들을 생각했다. 영화 〈명당〉의 천재 지관이 이곳을 보면 뭐라고 할지 궁금했다. 삿자리를 짠 앉은 뱅이의 깨달음이 부러울 뿐이었다.

▲ 최고의 숲길

점심을 먹고, 하룻밤 머문 방을 정돈했다. 다음 인연을 기약하며, 마곡 최고의 숲길을 다시 걸었다. 군왕대에서 나발봉 쪽 가는 1.2km 길이 여름에도 그늘지고, 경사가 낮아 산책하기 좋았다.

집에 오는 길에 양조원에 들러 알밤 막걸리를 샀다. 마곡사 자락 천연 암반수로 빚은 술이다. 이십 대를 즐기는 딸에게 그 맛을 보여주고 싶었다. 며칠 뒤 주말 저녁에 해물파전을 부쳤다. 딸과 아내는 파전만 맛있게 먹었다. 그들은 멀쩡하고, 나만 흠뻑 취했다. '지금 이대로도 감사' 하는 마음으로 즐거워했다.

> 기적은 하늘을 날거나 바다 위를 걷는 것이 아니라, 땅에서 걸어 다니는 것이다. 〈중국 속담〉

삿자리를 짠 앉은뱅이에게 기적은 '땅에서 걸어 다니는 것'이었다. 우리는 지금 기적 속에서 산다. 항상 감사하며 행복해야 하는 이유다.

(2019.6.25.)

걷고 싶은 길

김구 선생이 백 리 길 걸어 도착한 곳

▲ 갑사 오리숲길

갑사 오리숲길을 걸었다. 황매화마을을 지나 일주문과 갑사를 거쳐 용문폭포에 이르는 숲길이다. 회화나무, 말채나무, 느티나무, 갈참나무 등 아름드리나무들이 십 리의 반인 오 리에 걸쳐 울창한 숲을 이룬다. '추갑사(秋甲寺)'의 명성도 오리숲길의 경치에서 나온 것일 성싶다.

가을이 익어가는 십일월 초, 갑사를 찾았다. 오리숲길의 아기단풍은 이제 막 붉게 변하기 시작했다. 이른 아침이라서 관광객은 많지 않았다. 사람들이 몰려올 즈음, 추갑사의 아쉬움을 품은 채 마곡을 향했다. 김구 선생이 걸었던 길을 달렸다. 120년 전에는 하루 내내 걸었을 백 리 길을, 차로 이동하니 50분 남짓 걸렸다.

▲ 마곡사 입구

걷고 싶은 길

갑사에서 마곡사로

종일 행보하야 마곡사 남편 산상에 등(登)하니, 일색은 황혼인데 만산풍엽(滿山楓葉)은 누릇누릇 붉읏붉읏 하여 유자비추풍(遊子悲秋風)인 데다가, 저녁 안개가 산밑에 잇는 마곡사를 잠을쇠하야, 나와 같은 온갖 풍진 속에서 두출두몰(頭出頭沒)하는 자의 오족(汚足)을 거절하는 듯한데, 저녁 종소리가 안개를 헤치고 나와서 내의 귀에 와서 "일절 번로를 해탈하고 입문하라"는 권고를 하는 듯하다. 〈정본 백범일지〉

▲ 희지천

홍시가 저절로 떨어지는 때였다. 백범 선생은 탈옥한 뒤 남도를 떠돌다 갑사에 도착한다. 공주 이 서방을 만나 마곡사까지 동행한다. 이 서방은 스님이 되어 편하게 지내려고 생각하며, 백범 선생도 스님이 되기를 은근히 권한다.

> "이 자리에서 노형과 결정하면 무슨 필요가 있겠소. 절에 들어가서 중이 되려는 자와 중을 만들 자 사이에 의견이 맞아야 할 것 아니요?"

다시 권하는 이 서방에게 백범 선생이 이처럼 말하며, 매화당(梅花堂)에 도착한다.

마곡사 남원

매화당은 스님들 수행 공간인 남원(南院)에 있다. 본래 생활 공간이었으나 지금은 태화선원 중심 건물이다. 평상시에는 적막에 잠긴 곳이다. 조용히 해야 할 것 같은 생각이 저절로 들 정도였다.

마곡사에서 단풍은 남원이 가장 아름답다. 단풍을 보기 위하여 사람들이 모여든다. 단풍철이면 스님들 수행에 적잖은 어려움이 있으리라. 그러나 어쩌랴. 그런데도 끊임없이 정진하는 것이 최고의 수행인 것을.

▲ 매화당

▲ 명부전

백범 혼적이 있는 마곡사

사람들은 아랑곳하지 않았다. 사진 찍는 소리가 공간을 마구 휘젓고 다녔다. 거기에 웃음소리가 더해졌다. 모두의 얼굴에 행복이 가득했다. 남은 인생에서 가장 젊은 날, 즐겁게 보내지 않을 까닭이 없는 것처럼.

배우자를 닮은 부처

▲ 영산전

남원의 중심은 영산전이다. 마곡사에서 가장 오래된 전각이다. 군왕대 맥이 산신각을 지나 이곳까지 흐른다. 유명한 기도처다. 여기

걷고 싶은 길

▲ 영산전 천불

서 기도하면 원하는 바를 이룬다고 하여, 사람들 발길이 끊이지 않는다.

현판 글씨는 세조 작품이다. 조카 단종을 몰아내고 왕이 된 세조는 김시습을 보러 마곡사를 찾았다. 세조가 온다는 소식에, 김시습은 급히 마곡사를 떠났다고 한다. 세조는 영산전 현판 글씨와 자신이 타고 간 마차를 마곡사에 남기며 아쉬워했다.

현판은 묵직한 필체로 쓰였고, 왼쪽에 작은 글씨로 세조대왕 어필이라고 후세에 누군가가 써 놓았다. 마차는 성보박물관에 있다고 한다. 임진왜란 뒤 60년 남짓 동안 폐사되었음에도, 세조 어필과 마차는 지금도 잘 보관되고 있다.

영산전 안에 과거 칠불과 현겁 천불이 있다. 조용히 눈을 감았다. 기도를 마치고 눈을 떴을 때, 맨 처음 마주친 부처가 자신과 인연이 깊다고 한다. 신기하게도 배우자 얼굴을 닮은 부처와 눈이 마주친다. 천생연분이다. 그러나 배우자를 닮지 않았다고 해도 실망할 필요는 없다. 다음 생의 인연을 미리 봤을 수도 있으니.

추갑사 못지않은 추마곡이었다. 가을에 찾은 마곡사에 부처는 없고, 단풍에 취한 중생만 가득했다. 모두 부처가 되어 웃고 있었다.

(2019.11.11.)

▲ 해탈문

덕 유 산 의   사 계

덕유산 고사목

죽은 나무도 겨울이 오면 되살아나는 곳

▲ 설천봉

걷고 싶은 길

덕유산에 갔다. 눈꽃 산행이다. 아침 일찍 서둘러 집을 나섰다. 곧 돌라 표 사는 줄은 짧았으나, 타는 줄은 몇 갈래로 빙빙 돌았다. 기다리는 시간도 설레고 즐거웠다. 설천봉에서 시작하여 백암봉까지 갔다가 향적봉으로 돌아와 백련사로 내려왔다.

▲ 눈꽃 산행 출발점

▲ 향적봉

▲ 향적봉 대피소

걷고 싶은 길

눈꽃 산행

설천봉에 올랐다. 누구나 즐길 수 있는 눈꽃 산행 출발지다. 하얀 눈으로 온통 덮였다. 단단히 준비하고 향적봉으로 향하는 발걸음이 가볍다. 국립공원공단에서 내건 "설국으로 오세요"라는 플래카드가 바람에 흔들거렸다.

대설주의보가 내렸는데도 설천봉과 향적봉 대피소 탐방로를 개방했다. 나중에 생각해 보니, 이를 믿고 안전 장비도 갖추지 않은 채 향적봉을 향하는 사람들이 걱정되기도 했다.

▲ 고사목

환상의 눈꽃 길이 이어지고, 탄성이 연이어 터졌다. 사람들이 모두 웃음 가득한 채 사진을 찍으며 즐거워했다. 설천봉에서 20분이면 향적봉에 오른다.

칼바람이 정상석 주위에 있는 눈을 모두 날려 버렸다. 향적봉 대피소는 눈에 덮이고 그 주위 나무에는 눈꽃이 목화송이처럼 탐스럽게 피었다.

▲ 중봉

잠시 숨을 고르고 중봉으로 향했다. 나무마다 서리꽃 위에 눈꽃이 피어 아름다움을 더했다. 이곳에서는 죽은 나무도 겨울이 오면 되

걷고 싶은 길

살아난다. 해마다 다시 살아나 파란 하늘 아래서 하얀 꽃을 활짝 피운다. 겨우내 그 화려함을 자랑한다.

중봉 전망대에 도착했다. 여름에 푸른색이었던 덕유평전은 온통 하얀색으로 덮였다. 여름엔 사람들이 노래를 흥얼거리며 쉽게 떠나지 않던 곳이다. 덕유평전을 바라본다. 가슴이 시원해진다. 마음이 넓어진다. 세상을 모두 품을 수 있을 듯하다. 산행 효과다. 중봉에서는 오래 머무르지 않는다. 매서운 바람에 사진을 찍고 서둘러 덕유평전으로 들어선다.

덕유평전

중봉을 넘어서자, 사람 숫자가 눈에 띄게 줄었다. 중봉과 백암봉 사이 편편한 땅 덕유평전이 하얀색으로 변했다. 호젓하게 걸었다. 오던 길과는 다르게 바람도 없고, 손도 시리지 않았다. 땀이 조금씩 났다. 들꽃 탐방을 위해 지난여름에는 비를 맞으며 걸었던 곳이다. 지금은 눈길을 걷는다.

누구에게도 간섭받지 않고 한겨울 산행의 묘미를 만끽하며 걸었다. 신기하게도 머릿속에 맴돌던 복잡한 생각들이 하나씩 정리가 되었다. 그래서 걷는다. 산행의 또 다른 보람이다.

▲ 덕유평전

걷고 싶은 길

백암봉에 도착했다. 갈림길이다. 계속해서 동엽령으로 갈지, 송계
사로 내려갈지, 아니면 향적봉으로 되돌아갈지를 결정해야 한다.
갈 사람은 서둘러 가고, 남은 사람은 아쉬움을 뒤로하고 다시 향적
봉으로 향했다.

향적봉에서 백련사를 거쳐 내려오는 길을 택했다. 눈꽃과 서리꽃에
흠뻑 취해서인지 내려오는 길이 내내 지루했다. 멀리 바라보는 경
치도 별로였다. 가파른 내리막길 2.5km를 걷다 보니 백련사에 도착
했다. 신라 때 창건된 절이다. 일제강점기에는 모든 건물이 일본식
초가로 되었다가 한국전쟁 때 불타 없어지고, 1960년대에 다시 지
었다고 한다.

구천동 어사길

무주 구천동에 어사길이 있다. 300여 년 전 어사 박문수가 충청도
를 거쳐 무주 땅 덕유산에 들어가며 걸었던 길이다. 구천동에서 백
련사에 이르는 옛길을 2016년 무주군에서 복원했다. 약 5km에 이
르는 산책길이다.

조선 영조 시절이었다. '박문수전'에 따르면 구 씨와 천 씨가 많이
살던 구천동에 유씨 성을 가진 한 가족이 있었다. 마을 사람들 모함
으로 유 씨 가족이 모두 죽기로 했다. 어사 박문수가 억울한 사연을
듣고 바로잡았다는 옛이야기가 전해 온다.

백련사부터 시작하여 거꾸로 어사길을 걸어 내려왔다. 향적봉에서 오던 가파른 내리막길과 다르게 잘 닦인 길이다. 기존에 있던 자연 탐방로를 옆에 두고 계곡을 따라 아기자기한 길이 이어졌다.

한참을 내려오니 커다란 바위 위로 흐르던 물줄기가 폭포를 이루며 떨어진다. 비파담(琵琶潭)이다. 선녀들이 내려와 목욕한 뒤 비파를 뜯었다는 곳이다.

▲ 월하탄

어사길이 시작되는 월하탄(月下灘)에서도 폭포 소리가 제법 크게 들렸다. 선녀들이 달빛 아래서 춤을 추며 내려오는 것 같다. 여울진

걷고 싶은 길

바위를 타고 쏟아지는 폭포수가 달빛에 비치면 장관을 이룬다는 곳이다. 구천동계곡에 유난히 선녀들이 자주 내려온다. 자그마한 폭포와 작은 여울과 흩어진 바위가 선녀들을 유혹한다.

겨울 산행이 아름다운 것은 아무래도 눈꽃과 서리꽃 때문이다. 덕유산에 오르면 이들을 쉽게 볼 수 있어 행복했다. 겨울만이 아니다. 덕유산은 언제나 우리를 즐겁게 한다. 봄이 기다려진다. 초록으로 덮인 산을 오르고 싶다. 여름이 기다려진다. 들꽃 가득한 덕유평전을 걷고 싶다. 가을이 기다려진다. 단풍으로 곱게 물든 어사길이 보고 싶다.

(2020.1.18.)

그곳에 가면 이야깃거리가 차고 넘친다

▲ 한국의 아름다운 길 100선

봄은 쉽게 오지 않았다. 꽃이 활짝 피었지만, 마음은 늘 겨울이었다. 코로나19로 사회적 거리 두기가 요구되었다. 난생처음 재택근무를 했다. 비정상의 일상이 계속되었다. 혼자서 산에 가는 횟수가 늘어났다. 2020년 봄은 우리에게 새로운 도전을 던졌다.

5월이다. 온통 신록이다. 아카시아 향 가득한 날, 구천동 33경을 찾았다.

나제통문

나제통문(羅濟通門) 앞에 섰다. 구천동 33경 중 제1경이다. 무주 설천 석모산 아래 뚫린 바위굴이다. 그 옛날, 동서로 나뉜 사람들이 치열하게 맞서던 곳이다. "신라와 백제가 국경을 이루었던 곳이다." "양국에 전략적으로 중요한 지점이었다." 안내판에 적혀 있다. 백제와 신라군의 함성이 들리는 듯했다.

나제통문 앞 다리 밑 원당천에 '파리소(沼)'가 있다. 작은 연못이다. "양국의 격전 시에 시체가 산처럼 쌓여 파리가 모여들었다." 백제와 신라군의 함성이 더 크게 들리는 듯하다. 그러나 사실은 다르다. 아무튼, 이제는 차를 타고 무주 설천에서 무풍으로 곧장 갈 수 있다.

▲ 나제통문

▲ 파회

걷 고 싶 은 길

▲ 수심대

나제통문에서 10.9km 떨어진 곳에 11경 파회(巴洄)가 있다. 골짜기를 휘어 감고 흐르던 물이 못에 머물다, 하얀 바위를 타고 떨어진다. 때 묻지 않고, 큰 소리 내지 않고, 바람과 햇빛과 함께 푸른 나무 사이를 흐른다.

파회 가까운 길가 바위 위에 늙은 소나무 한 그루가 있다. 천년송(千年松)이다. 신라 일지대사가 바위틈에 꽂은 나무라고 한다. 흙이 없는 바위에서 지금까지 살았다. 파회는 12경 수심대(水心臺)와 함께 국가지정문화재 명승 제56호다.

수심대는 병풍처럼 둘러친 낭떠러지다. 여기서 일지대사가 물에 비치는 그림자를 보고 도를 깨우쳤다고 한다. 10경 만조탄과 12경 수심대 사이는 익사 사고가 나서 출입이 금지되었다. 나란히 달리는 37번 일반 국도가 환상의 드라이브 코스다. '한국의 아름다운 길 100선'에 뽑힌 길이다.

어사길

어사길은 15경 월하탄에서 시작하여 32경 백련사까지 이어진다. 달을 새겨놓은 연못인 16경 인월담(印月潭), 사자 생김새 바위가 있는 17경 사자담(獅子潭)을 지나, 19경 비파담(琵琶潭)에 다다랐다. 커다란 바위 위로 흐르던 물줄기가 여러 개 폭포를 이루며 떨어져서 모인 곳이다. 물이 맑아 밑바닥까지 훤히 보였다. 물 색깔이 파란색이 아니라, 신록에 물들어 푸른색이다.

▲ 인월담

▲ 사자담

덕유산의 사계

▲ 비파담과 다연대

걷 고 싶 은 길

비파담과 이어진 20경 다연대(茶煙臺)도 있다. 신선들이 비파담으로 미끄러지는 구슬 같은 물방울을 보며, 차를 마셨다는 바위다. 25경 안심대(安心臺)는 구천동과 백련사를 오가는 사람들 쉼터다. 어사길과 자연 탐방로가 만나는 곳이다.

27경 명경담(明鏡潭)을 보면 마음이 차분해진다. 맑은 물에 비친 마음을 들여다보며 자신을 수련하는 곳이다. 선녀들이 무지개를 타고 놀았다는 28경 구천폭포(九千瀑布)와 30경 연화폭(蓮花瀑)의 멋들어진 폭포가 줄을 잇는다. 31경 이속대(離俗臺)에서 중생은 속세와 인연을 끊는다. 이쯤에서 모든 괴로움과 욕망을 내려놓고, 어사길 마지막 32경 백련사에 올랐다.

▲ 명경담

▲ 구천폭포

백련사에서 향적봉으로

백련사에서 향적봉 가는 길은 늘 힘에 부쳤다. 가파르고, 계단도 많고, 햇볕도 너무 잘 들었다. 시원한 바람이 간간이 불어 땀을 식혀주었다. 귀를 쫑긋 세우면 물소리와 바람 소리도 들렸다.

한 걸음씩 천천히 내디뎠다. 마침내 33경 덕유산 최고봉 향적봉에 섰다. 사방이 훤히 보였다. 푸른빛으로 물든 산봉우리가 끝없이 펼쳐졌다. 왼쪽부터 중봉, 무룡산, 삿갓봉, 남덕유산이 나란히 보인다. 중봉 뒤로 이어지는 백두대간이 아스라하다. 향적봉에서 바라보는 산줄기마다 온통 신록이다.

걷고 싶은 길

처음으로 돌아가서, 나제통문의 진실은 무엇인가? 본래 나제통문은 '기니미굴'이고, 파리소는 '학담(鶴潭)'이다. 나제통문은 "1925년 일제 강점기에 충청도 영동에 있는 용화 금광 개발을 위해 뚫은 인공터널"이다. 박종인의 〈땅의 역사〉에 나온다. "日治時鑿山通道"(일제강점기에 산을 뚫어 길을 냈다). 1957년 발간된 무주군지 기록이다.

1961년 구천동 33경이 만들어졌다. 그 뒤 "1963년 관광지 개발을 위해" 기니미굴이 나제통문으로 그럴듯하게 바뀌었다. 새로운 역사가 만들어졌고, 국정 교과서에도 실렸다. 관광객을 유혹하려는 기발한 생각이 눈물겹다.

▲ 파리소

나제통문 앞 다리 밑 원당천으로 내려가면 왼쪽 바위에 큼지막하게 학담(鶴潭)이라고 새겨졌다. 학이 놀던 곳이다. 이런 곳을 파리가 들끓던 곳이라고 소개했다. 잘못 퍼진 이야기가 때로는 역사가 되고, 그것을 지어낸 사람이 죽으면 진실은 영원히 묻힌다. 바로 잡기까지는 세월이 한참 지나야 한다. 그래서 "여행지에 도착하면 눈을 부릅뜨고 정신 똑바로" 차려야 한다. 나제통문에 대하여 증언하는 사람이 나타났고, 관련 내용은 "1990년대에 들어서야 교과서에서" 사라졌다.

▲ 설천봉 가는 길

걷고 싶은 길

억지 스토리텔링 없어도, 구천동 골짜기는 모자람이 없다. 찾을 때마다 새로운 모습을 보여준다. 결코, 실망하게 하지 않는다. 그곳에 가면 이야깃거리가 차고 넘친다. 멈추면 바로 최고 전망대가 되는 곳이다.

(2020.5.22.)

끊임없이 바람이 불었다, 꽃이 춤을 추었다

▲ 무주리조트 곤돌라

무더위가 한창인 여름, 산은 오라하고 물은 머물라 한다. 덕유산의
손짓에 망설임 없이 이번 여름에 세 번 찾았다. 시작은 들꽃 탐방이
었지만, 마무리는 친구들과 함께하는 산행이었다.

걷고 싶은 길

들꽃 천국

드디어 날을 잡았다. 들꽃 보러 가는 날이다. 몇 번의 시도가 비로 무산된 뒤, 친구 부름에 기꺼이 대답했다. 전날까지 망설였다. 새벽 예보에 큰비는 없을 거라고 하여 무조건 출발했다. 김밥만 챙겼다.

곤돌라 매표소에서 본 모니터에는 온통 안개뿐이었다. 설천봉에 올랐다. 무주리조트에서 곤돌라를 타고 10분이면 오를 수 있다. 생각처럼 조망이 좋지 않았지만, 개의치 않았다. 타고 온 곤돌라는 안개 속으로 사라졌고, 상제루도 안개에 덮여 희미하게 보였다. 멈추지 않고 숲속 계단을 올랐다.

▲ 동자꽃

▲ 원추리

▲ 까치수염

걷고 싶은 길

얼마 가지 않아 들꽃 천국이었다. 한 걸음 움직일 때마다 사진 찍느라 바빴다. 나아가는 속도가 한없이 느렸다. 다른 사람들이 모두 추월했다. 비가 간간이 내리고, 바람이 끊임없이 불었다. 꽃이 춤을 추었다.

들꽃은 아름다웠다. 추위를 견디지 못하고 숨을 거두자 양지바른 곳에 묻었더니 피어난 동자꽃, 덕유산에서 가장 많이 볼 수 있는 들꽃 가운데 하나인 원추리, 하얀색 작은 꽃들이 총총히 박힌 까치수염, 범꼬리, 노루오줌, 꿩의다리, 꽃며느리밥풀. 이름도 예쁘다.

나태주 시인의 말처럼, 풀꽃은 "자세히 보아야 예쁘다. 오래 보아야 사랑스럽다." 그리고 자주 보아야 친해지고, 이름을 불러야 내 것이 된다.

▲ 주목 ⓒ권선국

걷고 싶은 길

주목이 곳곳에서 맵시를 뽐냈다. 죽은 듯해도, 한쪽에는 잎이 무성했다. 끈질긴 생명력에 감탄했다. 타클라마칸 사막의 호양나무처럼 살아서 천 년 죽지 않고, 죽어서 천 년 넘어지지 않고, 넘어져서 천 년 썩지 않을 성싶었다.

비가 오락가락해서인지, 새들이 부지런히 움직였다. 새 지저귀는 소리가 유난히 크게 들렸다.

집에 돌아오니 무더위가 절정이었다. 한낮에는 폭우가 쏟아졌다고 했다. 그런 줄도 모르고 꽃구경에 푹 빠졌다. 들꽃 사진을 보여주었다. 부러워했다. 다음 산행은 같이하기로 약속했다.

운 좋은 사람만 볼 수 있는 경치

푹푹 찌는 날이었다. 무주에 접어들자 맑은 하늘에 검은 구름이 몰려왔다. 기어이 비가 내렸다. 향적봉은 여전히 안개에 싸였다. 무더위를 생각하니 즐겁기만 했다. 안개가 동쪽에서 서쪽으로 부지런히 움직였다.

▲ 설천봉

▲ 향적봉

                 걷 고 싶 은 길

중봉에 오르니 파란 하늘이 보였다. 모처럼 하늘이 열렸다. 먹구름이 다가오다가 빠르게 사라졌다. 파란 하늘이 잠깐 보였다. 다시 검은 구름이 몰려오고, 또 파란 하늘이 보이기를 반복했다. 하늘이 변화무쌍했다. 전망대에서 덕유평전 끝자락 백암봉을 바라보았다. 그 너머 남덕유산을 생각하니 입가에 웃음이 절로 지어졌다.

향적봉으로 되돌아오니, 온통 파란 하늘이었다. 사람들이 환호했다. 멋진 하늘을 보며 감탄했다. 어린아이를 안고 온 가족도 있었다. 파란 하늘과 함께 정상 모습을 사진에 담느라 바빠 보였다. 멋진 작품이 될 듯했다. 아이가 커서 사진을 보면 감탄할 것 같았다.

설천봉 모습은 더욱더 장관이었다. 운 좋은 사람만 허락하는 경치였다. 파란 하늘에 하얀 뭉게구름이 피어나 아름답고 평화로웠다.

폭포와 못에서 여름나기

친구들과 함께한 산행이었다. 안성탐방지원센터에서 동엽령까지 오가는 코스다. 여느 때처럼 한곳에 모여 출발했다.

▲ 칠연계곡

칠연계곡을 걸었다. 크고 작은 폭포와 못이 펼쳐졌다. 곱게 다듬어
진 돌과 맑은 물이 청량한 소리로 우리를 반겼다. 매미 소리도 차원
이 다르다며 모두 즐거워했다. 계곡이 깊어질수록 폭이 좁아졌다.
위로 오를수록 물소리가 사라졌다 들리기를 반복했다.

걷고 싶은 길

▲ 동엽령

마지막 500여 미터는 가파른 구간이었다. 햇볕이 쨍쨍 내리쬐었다. 구슬땀에 옷이 흠뻑 젖었다. 좁은 길 양옆에서 산오이풀 꽃송이가 우리를 환영했다. 잠자리가 무리 지어 축하 비행을 했다.

동엽령에 오르니, 시야가 확 트여 멀리까지 한눈에 보였다. 잠시 전망대에 걸터앉았다. 백두대간을 걷는 산꾼이 큰 배낭을 짊어지고 땀을 뻘뻘 흘리며 지나갔다. 육십령에서 오는 길이라고 했다.

예상 시간을 훨씬 넘은 산행이었다. 가까운 송어장에서 늦은 점심을 먹었다. 친구들과 함께해서 즐거웠다. 해는 아직 중천에 있었다.

모두 외쳤다. "백두산! 한라산!" 백 살까지 두 발로 산에 가자고, 한 발로 나뒹굴어도 산에 가자고.

(2019.8.22.)

단풍을 제대로 즐기려면 때를 잘 맞춰야 한다

▲ 어사길 단풍

덕유산의 사계를 마무리하지 못한 채 두 해가 지났다. 가을 이야기
는 향적봉 대피소에서 보낸 하룻밤 내용을 쓰려고 했다. 코로나19가
시작된 뒤 대피소는 문을 닫았다. 가을 이야기가 끝없이 미뤄졌다.

시월 말, 오랫동안 벼르던 곳을 찾았다. 대피소에서 하룻밤 머무르는 대신, 아침 일찍 구천동 삼공주차장에 차를 세웠다. 어사길을 걸어 백련사에 갔다. 그리고 중봉을 거쳐 향적봉에 올랐다.

어사길

월하탄을 지나 어사길에 들어섰다. '눈으로 보고, 소리로 듣는 계곡길'이다. 지금은 덕유산국립공원 탐방안내소에서 백련사까지 4.9km 길이 모두 완성되었다. 나무 데크와 야자 매트로 잘 정리되어 있다. 안내문도 곳곳에 설치되어서 구천동 33경 가운데 16경 인월담부터 32경 백련사까지 빠뜨리지 않고 찾을 수 있다.

▲ 인월담

걷고 싶은 길

▲ 다연대

처음 쉴 만한 곳이 인월담이다. 일사대, 파회와 함께 구천동 3대 명
소 가운데 하나다. 바위가 널찍하게 펼쳐지고, 맑은 물이 소리 내며
바위를 타고 떨어진다. 바위에 앉고 싶은 곳이다. 그러나 돗자리를
펼치면 바로 방송이 나온다. 탐방센터에서 CCTV로 지켜보고 있
다. 상수원 보호구역이므로 물놀이 금지다.

▲ 구월담

인월담에서 구월담까지 이르는 800m 길이 어사길 가운데 가장 멋
진 구간이다. 사진작가가 자리를 틀고 끊임없이 셔터를 눌러댔다.
물소리가 시원스럽고, 바위가 멋스럽게 놓여있다. 그 위에 노랗고
빨간 단풍이 내려앉았다. 데크 길에 떨어진 낙엽 밟는 소리와 물소
리가 잘 어울렸다.

안심대는 예전에 구천동과 백련사에 오가는 사람들이 한숨 돌리
며 마음 놓고 쉬어 가던 곳이다. 김시습 이야기도 전해진다. 김시
습이 관군을 피해 떠돌다 안심하고 잠시 쉬어 갔다고 해서 붙은
이름이다.

걷고 싶은 길

▲ 명경담

안심대를 지나면 골짜기 왼쪽으로 테크 길과 매트 길이 새로 만들어졌다. 경사가 조금 있지만 걷기 어렵지 않다. 명경담은 마음조차 비칠 만큼 물이 맑아서 붙은 이름이다. 물빛이 수채화를 그리려고 물감을 풀어놓은 듯하다.

▲ 구천폭포

구천폭포에서 떨어지는 물은 노랗고 빨간 단풍과 잘 어울린다. 단
풍이 눈을 즐겁게 하고, 소나무 향기가 코를 자극하고, 시원한 물소
리가 귀를 간지럽힌다. 이속대를 지나며 속세와 인연을 끊고, 백련
사 일주문을 들어서며 부처의 세계로 들어간다.

걷고 싶은 길

백련사

백련사(白蓮寺)는 신라 때 세워진 절이다. 하얀 연꽃이 피는 모습을 보고 신문왕 때 백련 선사가 세웠다고도 하고, 홍덕왕 때 무염 국사가 세웠다고도 한다. 한국전쟁 때 모두 불타 없어졌고, 1960년대에 다시 지어졌다.

일주문을 지나면 오른쪽에 승탑이 5기 있다. 이들 중 한가운데 있는 것이 매월당 설흔 스님 승탑이다. 종 모양을 하고 있다. 전북 유형 문화재 제43호다. 돌계단을 오르면 사천왕문이다. 현판은 탄허 스님 작품이다.

▲ 우화루

우화루(雨花樓)가 이어진다. 부처님이 설법할 때 꽃비가 내렸다고 하여 지어진 이름이다. 절 안으로 들어가는 다락과 불경을 학습하는 강당으로 사용한다. 그 앞에 수백 년 된 돌배나무가 있다. 나무줄기 속이 푹 파였는데도 죽지 않고 살아있다.

돌계단을 더 오르면 대웅전이다. 해발 950m에 자리 잡고 있다. 우리나라에서 가장 높은 곳에 있는 절 가운데 하나다. 현판은 한석봉 글씨다. 한석봉이 쓴 글씨를 보고 그대로 본떠 새겼다고 한다.

대웅전 옆 마당에 서서 하늘을 보면 사방이 높은 산으로 둘러싸였다. 연꽃잎 한가운데에 절이 들어선 듯하다. 백련사라는 절 이름을 걸맞게 지었다는 생각이 든다. 백련사에서 왼쪽으로 난 길을 따라 중봉으로 갔다.

중봉에서 향적봉까지

오수자굴 가는 길은 좁다. 바윗길을 걷고, 조릿대 숲길을 지나, 줄을 잡고 가파른 비탈을 올라야 한다. 바람도 없고, 그늘도 없다. 거의 지쳐갈 무렵 큰 바위 밑에 넓게 파인 굴이 나타난다. 오수자굴이다. 오수자라는 스님이 이곳에서 도를 닦았다고 해서 붙은 이름이다. 여러 사람이 들어갈 만큼 널찍하다. 굴속으로 들어가 앉아 앞을 보면 포근한 느낌이 든다.

▲ 오수자굴

다시 힘을 내 나무 계단을 오르고 바위를 기어오르면 키 작은 조릿
대 숲길이 나온다. 잘 다듬어진 길이다. 바람도 시원하게 불고, 파
란 하늘도 보인다. 저절로 힘이 난다. 중봉에 오르면 백암봉까지 이
어지는 덕유평전이 눈앞에 펼쳐진다.

겨울에는 하얀색으로 변한 덕유평전을 걸으며 산행이 주는 맛을 느
꼈던 곳이다. 여름에는 덕유평전 위로 솜처럼 피었다가 사라지는
뭉게구름을 보며 즐거워했던 곳이다. 산 아래는 단풍이 울긋불긋
한창인데, 산 위는 갈색으로 뒤덮여 을씨년스럽다.

▲ 향적봉 전망

중봉에서 향적봉 가는 길은 언제나 좋다. 파란 하늘과 하얀 구름을 보며, 상쾌한 공기를 마시며, 맑은 새소리를 들으면서 부지런히 발길을 서두른다.

향적봉 정상석 앞에서 사진 찍으려는 사람들이 길게 줄지어 늘어선 모습이 보일 즈음, 그들의 목소리도 들린다. 서로를 부르는 소리가 또랑또랑하고, 웃음소리가 끊이지 않는다. 정상석 뒤에 있는 바위에 서면 사방이 훤히 보인다.

백련사 가는 길은 내내 내리막이다. 마주치는 사람들의 얼굴은 땀범벅이다. 얼마나 더 가야 하냐고 묻는다. 쉬엄쉬엄 가면 정상에 금

걷고 싶은 길

방 도착할 거라고 알려준다. 그들이 웃는다. 무슨 뜻인지 알기 때문에 나도 웃으면서 지나간다. 백련사에 가까워질수록 단풍이 아름답다. 어사길 못지않다. 내려가는 길이 자꾸만 더디어진다.

어사길은 노란색이다. 은행나무도 없는데, 노란 단풍이 빨간 단풍보다 더 많다. 제대로 즐기려면 때를 잘 맞춰야 한다. 탐방안내소에 물어보면 단풍의 상황을 친절하게 알려준다.

덕유산에서는 계절이 바뀐다고 아쉬워할 필요가 없다. 겨울 눈꽃, 봄 신록, 여름 들꽃, 그리고 가을 단풍. 철마다 덕유산을 찾는 이유다. 덕유산의 사계를 기록에 남겨야 하는 까닭이기도 하다.

(2022.10.26.)

기타

화양구곡 파천

선조들이 골짜기에서 즐긴 풍류

▲ 화양구곡

속리산 북쪽 기슭에 화양구곡이 있다. 조선 중기 우암 송시열 제자
인 권상하가 중국 무이구곡을 본떠서 이름 붙인 곳이다.

걷고 싶은 길

우암 선생은 이곳에 머무르면서 화양구곡 중심인 금사담 바위 위에 암서재를 짓고 후학을 가르쳤다. 갖가지 모양의 기암괴석과 유리처럼 투명한 물과 초목이 울창한 숲이 신선놀음에 안성맞춤이다.

계룡산에도 구곡이 있다. 금잔디고개에서 내려가면서 오른쪽으로 상신계곡에 용산구곡이, 왼쪽으로 갑사계곡에 갑사구곡이 있다. 이들은 정반대에 있는 것처럼, 유래도 정반대 이야기를 담았다.

잔인한 4월의 나른한 봄날, 구곡을 찾았다. 바위 위를 조심스레 걸었다. 구곡의 위치를 알려주는 안내판은 없었다. 발품을 팔아야 했다. 시간 가는 줄 모르고 계곡을 오르락내리락했다. 바위에 새겨진 글자를 찾아낼 때마다 가슴이 뛰었다. 재미가 솔솔 났다.

용산구곡

상신계곡에 용산구곡(龍山九曲)이 있다. 취음(翠陰) 권중면(權重冕)이 용을 주제로 이름 붙이고, 그의 제자 최종은이 바위에 새긴 곳이다. 취음 선생은 대한제국 말 진도 군수를 거쳐 능주 군수로 부임한 뒤, 고종이 쫓겨나자 벼슬에서 물러났다. 상신계곡에 머무르면서 기울어진 국운이 회복되기를 간절히 바랐다. 용이 숨었다가 하늘로 올라가는 이야기를 배경으로 용산구곡을 선정했다.

▲ 심룡문

▲ 은룡담

걷 고 싶 은 길

상신마을 어귀에 용산구곡 들머리 '1곡 심룡문(尋龍門)'이 있다. 용을 찾아 들어가는 문이다. '2곡 은룡담(隱龍潭)'에서 용은 조용히 숨어 때를 기다린다. 상신탐방지원센터 가기 전 마을 옆 개울에 있다. 지나치기 쉽다. 용이 숨을 만한 못은 보이지 않고 자세히 보면 2곡 은룡담이라고 새긴 바위만 댕그랗게 남았다.

▲ 유룡대

▲ 황룡암

'3곡 와룡강(臥龍岡)'에서 용은 수련하고, '4곡 유룡대(游龍坮)'에서 헤엄치면서 논다. 용산구곡의 중심은 '5곡 황룡암(黃龍岩)'이다. 수련이 절정에 달해 여의주를 얻은 곳이다. 넓은 바위에 '태극암(太極岩)'과 '궁산을수(弓山乙水)' 등 여러 가지 글씨가 있다. '취음 권중면 임신팔월(翠陰 權重冕 壬申八月)'이라는 글씨도 있다. 임신년(1932년) 8월에 취음 선생이 썼다는 것을 알 수 있다. 해마다 연정원 계룡지부에서 계룡산 산신제를 지내는 곳이다.

'6곡 현룡소(見龍沼)'에서 용은 일취월장하여 세상 이치를 꿰뚫는 능력을 갖게 된다. '7곡 운룡택(雲龍澤)'에서 구름을 만나 조화를 부리

걷고 싶은 길

고, '8곡 비룡추(飛龍湫)'에서 드디어 하늘로 날아오른다. 그리고 마지막 '9곡 신룡연(神龍淵)'에서 용은 신이 된다.

승천하는 용은 일제강점기에 나라를 위기에서 구할 인재를 상징했다. 그들이 조용히 숨어 준비하다가 때가 되면 멋지게 하늘로 날아오르기를 빌었다. 민족 번영을 가져와 국권을 되찾으리라고 굳게 믿었다. 안타깝게도, 취음 선생은 조국 광복을 보지 못하고 세상을 떠났다.

9곡을 끝으로 골짜기를 벗어나 등산로를 따라 1.72km 올랐다. 큰 골삼거리를 거쳐 금잔디고개에 다다랐다. 여기서 맞은편 쪽으로 내려가면 갑사계곡이다.

갑사구곡

구한말 슬픈 이야기다. 1910년 8월 22일 창덕궁 흥복헌에서 대한제국 마지막 어전회의가 열렸다. 일본 앞잡이들이 미리 작성한 위임장을 순종 황제에게 내밀었다. 주권을 일본에 넘길 예정이니 알아서 처리하라는 거짓 내용을 담고 있었다.

16세인 순정효황후가 병풍 뒤에서 엿듣고 있었다. 위임장에 도장 찍는 것을 막으려고 치마 속에 옥새를 숨겼다. 그 옥새를 강제로 빼앗은 사람이 바로 황후 큰아버지 윤덕영(尹德榮)이다.

그는 늘그막에, 갑사계곡에 있는 간성장이라는 별장에 머무르곤 했다. 이곳을 중심으로 골짜기를 오르내리면서 경치 좋은 아홉 군데를 선정했다. 바로 갑사구곡(甲寺九曲)이다.

▲ 갑사 오리숲길

걷고 싶은 길

▲ 간성장

▲ 명월담

기타

오리숲길을 지나 용이 놀고 있는 '1곡 용유소(龍游沼)'를 지나면, 수정봉과 연천봉에서 흐르기 시작한 두 골짜기의 물이 하나로 모이는 '2곡 이일천(二一川)'이 있다. 흰 용이 꿈틀대는 '3곡 백룡강(白龍岡)'과 배를 띄워 멋스럽게 노는 '4곡 달문택(達門澤)'이 이어진다.

갑사 구곡의 중심은 '5곡 금계암(金鷄嵒)'이다. 계룡산이 금계포란(金鷄抱卵)의 명당임을 알려 주는 곳이다. 이곳에 공주 갑부가 지어 바친 간성장이 있다. 광복 뒤에는 공주 출신 국회의원 별장과 전통찻집과 갑사 요사채로 쓰이다가 지금은 비었다.

▲ 용문폭

걷고 싶은 길

▲ 수정봉 푯돌

잔잔한 물속에서 밝은 달이 뜨는 '6곡 명월담(明月潭)', 계룡산이 열릴 때 닭이 홰를 치면서 울었다는 '7곡 계명암(鷄鳴嵓)', 용문폭포가 있는 '8곡 용문폭(龍門瀑)'이 이어진다.

골짜기를 따라 계속 오르다 물소리가 끊어질 즈음에 신흥암이 보인다. 수정봉을 바라보는 곳에 있는 암자다. 뒤쪽으로 올라가면 바위에 큼지막하게 '9곡 수정봉(水晶峯)'이라고 새겨졌다.

이곳을 지나 왼쪽으로 가면 진신사리를 모셨다는 바위탑이 있다. 천진보탑이다. 밑에 있는 신흥암 법당에 부처님은 없고, 창문을 통해 보이는 이 탑이 그 구실을 한다.

기타

▲ 천진보탑

윤덕영은 한일 병탄(倂呑)에 앞장선 대가로 자작 벼슬자리와 큰돈을
받았다. 갑사구곡을 즐기면서 부러움 없는 노년을 보냈다. 운 좋게
도, 그는 조국 광복 전에 세상을 떠났다.

구곡을 만든 그들 후손은 어떻게 되었을까? 권중면 아들은 소설 '단'
의 주인공으로, 단학 수련법을 세상에 알린 봉우 권태훈이다. 상신
리에 봉우 사상연구소가 있다. 윤덕영 증손들은 국가를 상대로 땅
찾기 소송을 냈다.

세월이 흘러도 바위에 새긴 글자는 그대로 남아, 구곡을 찾는 사람

걷고 싶은 길

들에게 자연과 어우러진 풍류를 보여준다. 한편으로는 자랑스럽고, 한편으로는 슬프다. 한쪽은 나라를 걱정하면서 조용히 보냈고, 다른 쪽은 부귀영화를 누리면서 흥청망청 보냈다. 지금은 그들이 남긴 발자취가 각각 존경과 비난의 대상으로 바뀌었다. 어떻게 살아야 하는가. 용산구곡과 갑사구곡의 유래가 우리에게 화두를 던진다.

(2020.5.1.)

미륵보살이 놀린다, 용용 죽겠지

▲ 백제의 미소

환하게 웃는 산신령과 작은마누라와 본마누라가 새겨진 바위가 산
허리에 있다. 작은마누라는 다리를 꼬고 의자에 앉아서 손가락을
볼에 대고 있다. 슬슬 웃으면서 용용 죽겠지 하며 놀린다. 본마누라

걷고 싶은 길

가 이를 보고 짱돌을 집어던지려고 한다.

골짜기에서 만난 나무꾼이 우스개로 한 말이다. 1959년 4월, 부여 박물관장을 지낸 홍사준 선생이 보원사 터를 조사하러 용현계곡을 찾았을 때다. '백제의 미소'로 알려진 서산 용현리 마애여래삼존상 이야기다.

가야산 줄기인 일락산과 옥양봉 산등성이 사이에 용현계곡이 있다. 이곳을 따라 용현자연휴양림이 만들어졌다. 들어가는 길목에 마애 여래삼존상과 보원사 터가 차례로 있고, 산을 넘으면 개심사가 있다.

한여름 더위가 절정을 보인 8월 초, 용현자연휴양림을 찾았다. 백제 의 미소를 보며 같이 웃음 짓고, 보원사 터를 거닐며 중생이 되었다. 배롱나무꽃이 핀 개심사에도 들렀다.

백제의 미소

마애여래삼존상은 천년 넘게 바위 절벽에서 숨 쉬고 있었다. 보원 사 터를 조사할 때 세상에 알려졌다. 우리나라에서 찾아낸 마애불 가운데서 가장 뛰어나다. 여래상을 가운데 두고 오른쪽에 반가상의 보살, 왼쪽에 봉주보살이 뚜렷하게 조각되어 있다. 반가상은 미륵 보살을, 봉주보살은 관음보살 또는 제화갈라보살을 나타낸 것으로 추정된다.

여래상은 연꽃잎을 새긴 대좌 위에 서 있다. 초승달 같은 눈썹, 은행알 닮은 눈, 오뚝한 코, 두툼한 입술이 풍만한 얼굴에 잘 어울린다. 오른손은 앞으로 뻗어 손바닥이 보이고, 왼손은 가슴께로 올려졌다. 둥근 광배 안쪽은 연꽃을, 둘레는 불꽃무늬를 새겼다. 그윽하게 웃는 모습이 이웃집 아저씨처럼 포근하다.

봉주보살상은 길쭉한 얼굴에 눈웃음을 치고 있다. 치마는 발등까지 길게 늘어졌고, 하트 모양을 한 목걸이를 찼다. 보배로운 구슬을 두 손으로 감싸 품에 안고 있다.

반가상은 둥근 얼굴에 볼살이 통통하다. 누가 뭐래도 꺼릴 것 없다는 듯, 한 발짝 물러나 의자에 앉아 있다. 여래상과 사이도 봉주보살상보다 더 떨어졌지만 개의치 않은 표정이다. 왼손은 오른발 발목을 잡고, 오른쪽 손가락은 턱을 괸 채 깊은 생각에 잠겼다.

마애여래삼존상은 시시각각으로 변한다. 해가 뜰 때와 질 때, 날이 흐릴 때와 맑을 때 모습이 다르다. 철에 따라, 보는 방향에 따라 웃는 생김새도 여럿이다. 그들 앞에 서면 온갖 시름이 다 씻겨 내려가는 듯하다. 바라보는 사람들 얼굴에 미소가 저절로 번진다. 백제의 미소라고 일컫는 이유다.

▲ 마애여래삼존상

관리소 옆으로 난 좁은 비탈길을 오르면 산신각이 있다. 마을 사람들이 산신제를 지내는 곳이다. 그곳에서 마애여래상이 새겨진 바위 전체를 볼 수 있다. 위에 있는 바위가 처마 역할을 하여 비바람을 막아준다. 더 위쪽에 얹혀있는 바위들은 금방이라도 무너져 내릴 듯하다. 옆에 늘어진 빨간 줄 끝에 센서가 붙어있다. 일부 구간에 생긴 틈새가 변하는지 재는 중이라고 한다.

산신각 뒤로 가면 성원 할아버지가 손수 세운 묘비가 있다. 그는 오랫동안 마애불 관리인이었다. 정년퇴직으로 마애불을 떠나게 되자 그동안 있었던 흔적을 비석에 새겨 남겼고, 유홍준 교수는 문화유산 답사기에 성원 할아버지의 이야기를 실었다.

절 여행의 으뜸은 폐사지 답사

폐사지, 한가로운 곳, 하나를 보아도 제대로 감동할 만한 유물을 볼 수 있는 곳, 이 세 가지 조건을 만족시키는 답사 코스로 유홍준 교수는 보원사 터를 마애여래삼존상과 함께 추천했다.

▲ 보원사 터

마애여래삼존상에서 용현계곡을 1.5km 따라가면 보원사 터가 나온
다. 백제시대에 세워진 절이다. 면적이 3만 평 넘을 정도로 넓다. 지
금은 석조와 당간지주, 오층석탑과 법인국사탑, 법인국사탑비만 남
았다. 모두 1963년에 보물로 지정되었다. 발굴하면서 한곳에 모아
놓은 돌과 기와 조각이 절의 크기를 가늠하게 한다.

당간지주와 오층석탑과 금당 터가 나란히 있다. 군더더기가 없다.
텅 빈 절터의 아름다움을 제대로 느낄 수 있다. 찾는 사람도 많지 않
다. 넓은 공간을 모두 차지한 듯 여유를 부려도 된다. 이곳에 머물
던 사람들은 모두 백제의 미소를 띠었을 것 같다.

기타

오층석탑 상륜부에 긴 찰주가 천년 넘게 잘 박혀있다. 해방 무렵까지는 여러 장식품이 화려하게 달려있었다고 한다. 기단 위에 넓적한 굄돌이 오층 몸돌을 떠받치고 있어 안정감을 준다. 기단부 위층과 아래층에는 각각 불법을 지키는 신 여덟 명과 사자 열두 마리가 뚜렷하게 새겨져 있다.

금당 터 한가운데에 큰 돌만 남았고, 그 뒤쪽에 법인국사탑과 탑비가 있다. 법인국사는 고려 초 광종 때 왕사를 거쳐 국사가 되었고, 보원사에서 입적하였다.

▲ 당간지주

걷고 싶은 길

▲ 보원사 오층석탑

꽃 잔치로 북적거리는 곳

개심사는 일락산과 이어지는 상왕산 자락에 있다. 보원사 터 법인
국사탑 옆이 들머리다. 비탈진 계단을 힘들게 올라 산등성이에 다
다랐다. 그늘진 흙길이 이어졌다. 서해에서 불어오는 바람은 후덥
지근했다.

개심사 갈림길에 도달했다. 넓은 쉼터다. 개심사로 가는 길은 두 갈
래다. 쉼터에서 만난 사람이 오른쪽으로 난 길을 추천한다. 깊은 골
을 따라가는 고즈넉한 길이다. 나뭇잎이 하늘을 가렸다. 바람도 멈

▲ 개심사 배롱나무

걷고 싶은 길

쳤다. 땀이 비 오듯 흘렀고, 땀 냄새를 맡은 모기가 귓가를 맴돌았다. 어쩌다 보이는 산악회 리본이 사람 다니는 길이라고 안심시킨다.

40여 분 만에 개심사에 도착했다. 봄이면 청벚꽃, 여름이면 배롱나무꽃, 가을이면 곱게 물든 단풍으로 사람들이 북적거리는 곳이다. 기다란 직사각형 연못가에 배롱나무가 있다. 150년 된 보호수다. 나무에도 연못 물속에도 꽃이 피었다. 금붕어가 꽃 속을 헤엄쳐 다닌다. 시간이 흘러 배롱나무꽃이 나무에서 떨어지면 이번에는 물 위에서 꽃이 다시 활짝 피어난다.

▲ 동자승

심검당 배흘림기둥이 눈에 띈다. 뒤틀린 그대로다. 껍질만 벗긴 기둥과 들보가 수수하고 자연스럽다. 새로 지은 듯한 범종각도 구부러진 소나무 기둥으로 만들었다.

대웅보전 앞마당에 섰다. 마주하는 안양루 천장에 연등이 빈틈없이 매달렸다. 그 밑에는 창문을 통해 배롱나무꽃이 액자 속으로 들어와 있다. 명부전 앞에 있는 나무에 청벚꽃 팻말이 매달려 있다. 꽃이 피면 사진 찍으려고 사람들이 줄을 서는 곳이다.

▲ 산신각

걷고 싶은 길

경허 스님이 머물렀다고 하는 경허당(鏡虛堂) 앞에도 150년 된 배롱나무가 있다. 마찬가지로 보호수다. 여기는 이제 막 꽃이 피기 시작했다. 연못가에 있는 배롱나무꽃이 거의 모두 떨어져 물 위에서 다시 활짝 필 즈음에 여기도 활짝 핀다고 한다.

산신각 쪽으로 올라갔다. 산신각의 위치가 개심사 최고의 명당이다. 좁고 둥근 앞마당은 아침에 빗질한 자국이 그대로 남아있다. 기왓장으로 울타리를 쌓았고, 그 바깥을 푸른 나무가 빙 둘러쌌다. 사람의 목소리가 가깝게 들리지만, 사람은 보이지 않았다.

다시 산을 넘었다. 전망대를 지나 임도를 따라가다 물소리를 만나면 용현계곡이다. 군데군데 넓적한 바위와 물웅덩이가 여름나기에 안성맞춤일 듯하나 텅 비었다. 자연휴양림에 이르자 비로소 아이들 소리로 왁자지껄했다. 아이들은 물놀이하느라 정신없고, 부모들은 물가에 앉아 아이들에게서 눈을 떼지 못한다.

집에 오는 길에 마애여래삼존상을 다시 찾았다. 오후 늦은 시간, 햇빛은 부드러워졌고 백제의 미소도 조금 엷어졌다. 사람에 따라서 더 호감을 느낄 수도 있겠다는 생각이 들었다. 그러니 백제의 미소는 언제가 가장 멋지다고 굳이 고집하지 말지어다. 그래서 사람들이 일부러 그 시간에 맞추려는 수고를 덜어 줄 일이다.

(2023.8.4.)

세조 발자취 따라간 여행, 콧노래가 절로 나온다

▲ 말티재

세조는 피부병을 심하게 앓았다. 40대 후반부터는 거동이 어려울
정도였다고 한다. 날이 갈수록 심해지자, 산 좋고 물 좋은 곳을 찾아
전국을 누볐다. 신미대사를 만나려고 보은에도 들렀다.

걷 고 싶 은 길

세조실록 32권(세조 10년 2월 27일)에 '거가가 보은현 동평을 지나서 저녁에 병풍송에 머물렀다. 중 신미가 와서 뵙고, 떡 150동이를 바쳤는데, 호종하는 군사들에게 나누어 주었다(車駕經報恩縣東平, 夕次于 屛風松, 僧信眉來謁, 獻餅百五十盆, 分賜扈從軍士)'라고 실려 있다. 그때에도 속리산 들어가는 길목에 명품 소나무가 있었다. 이를 바탕으로 정이품송 이야기가 만들어졌다.

가을이 무르익은 시월 말, 말티재자연휴양림에서 하룻밤 보냈다. 그곳을 중심으로 세조의 발자취를 따라 말티재와 정이품송을 찾았다. 법주사에서 복천암까지 이어지는 세조길도 걸었다.

말을 타고 넘었다고 해서 말티재

말티재는 속리산 길목 해발 430m에 있다. 꼭대기에 이르는 1.3km 구간은 꼬불거리는 열두 굽이 고개다. 세조가 신미대사를 만나려고 속리산에 갈 때 가마 대신 말로 갈아타고 넘었다고 해서 말티재다.

임진왜란이 일어나자, 승병들이 이 고개를 넘어 법주사에 모여들었고, 불에 탄 법주사를 재건하려고 사명대사가 이 고개를 넘었다. 그때는 오솔길이었으나, 지금은 아스팔트로 잘 닦아진 2차선 길이다.

말티재 꼭대기에 섰다. 복층 터널 건물에 백두대간 속리산 관문이라는 현판이 걸렸다. 교육장과 카페도 있다. 전망대에 올랐다. 아래를 내려다보니 절경이 펼쳐졌다. 기다란 뱀이 지나가는 듯 구불구불한 길을 차들이 조심스럽게 오갔다.

말티재 꼬부랑길을 걸었다. 말티재 주차장에서 시작하여 한 바퀴 도는 8.6km 길이다. 높이가 거의 변하지 않아 밋밋하다. 산 중턱을 깎아 만들어서 전망은 별로다. 사람들과 나란히 걸으면서 이야기하기는 좋다. 모노레일 승강장에서 시작한 집라인 8개 코스가 꼬부랑길을 지그재그로 가로지르며 지나간다.

꼬부랑길을 만들며 깎아버린 목탁봉 터에 목탁이 있다. 100년 된 살구나무로 만들었다. 세 번 치면 소원이 이루어진다고 한다. 하얀 종이에 소원을 적고 목탁을 쳤다. 이슬을 머금었는지 둔탁한 소리가 났다. 자갈이 깔린 오솔길을 마지막으로 걷고, 카페에 들렀다. 따뜻한 대추차를 마시며 첫날 일정을 마무리했다.

말티재자연휴양림에 짐을 풀었다. '자연 체험과 학습을 위한 최적의 장소'라고 소개하고 있다. 속리산국립공원 끝자락에 자리 잡았다. 말티재 전망대에서 차로 5분 거리다.

벼슬을 받은 소나무

다음 날 아침 일찍 길을 나섰다. 법주사 가는 길목에 정이품송이 있다. 세조의 어가 행렬이 다가오자, 임금이 탄 가마가 지나가도록 나뭇가지를 들어 올렸다고 해서 정이품 벼슬을 받은 소나무다.

달천을 건너면 정이품송공원이다. 정이품송과 신미대사를 알리기 위해 만든 공원이다. 공원 입구에 '훈민정음고향보은' 기념비가 있고, 한글 창제에 이바지한 신미대사와 그에 관련된 인물 8명의 동상도 있다. 세종이 남긴 신미대사의 법호에 들어있는 '나라를 돕고 세상을 이롭게 하는 우국이세(祐國利世)' 종도 만들었다.

▲ 정이품송

기타

▲ 정부인송

정이품송에서 직선거리로 4.2km 떨어진 곳에 정부인이 산다. 정부
인송으로 부르는 서원리 소나무다. 정이품송은 사람들이 많이 지나
다니는 큰길가에 있고, 정부인송은 사람 발길이 뜸한 외진 곳에 있
다. 각각 사랑채와 안채에 살고 있는 셈이다. 둘 다 천연기념물로
600살을 훌쩍 넘었다.

정이품송은 외롭고 아프다. 나무 한 그루 없는 허허벌판에 홀로 서
있다. 병충해로 잎이 누렇게 마른 적도 있고, 비바람에 가지들이 부
러지기도 했다. 자연에 굴복하였지만, 품위는 그대로다. 가운데 가
지가 올곧게 뻗어 꿋꿋한 기상을 잃지 않았다.

정부인송은 심심하지 않고 건강하다. 주변에 나무들이 많다. 서로 바람막이가 되어준다. 밑동에서 갈라진 두 줄기에서 잔가지들이 무성하게 뻗어 넉넉하다. 모나지 않고 너그러운 모습이다.

산림청은 2002년부터 정이품송 후계목을 길러내고 있다. 정이품송 수꽃 가루를 정부인송 암꽃에 인공수분 시켜 씨앗을 받았다고 한다. 정이품송공원에도 말티지방정원에도 후계목이 자라고 있으나 정이품송이 지닌 기상과 품위는 아직 보이지 않는다.

목욕하고 병이 나은 곳, 세조길

세조길은 법주사부터 복천암까지 3.2km다. 복천암에 머무르던 신미대사를 만나려고 세조가 지나갔던 길이다. 야자 매트와 나무 데크로 되어 있다. 길 위에 낙엽이 쌓여 폭신폭신하다.

눈썹바위를 지나면 태평저수지다. 은폭동에서 시작된 물이 흘러 들어와 이곳에 머무르다 달천을 따라 돌고 돌아 남한강에 이른다. 저수지 가장자리를 따라 걷다 뒤돌아보면 거북바위가 있는 수정봉이 보인다. 당 태종이 거북바위를 찾아내 목을 자르고 등에 탑을 쌓아 거북의 정기를 눌렀다고 한다. 법주사 입구에 있는 '속리산사실기비'에 나온 이야기다. 우암이 짓고 동춘당이 썼다.

▲ 세조길

▲ 태평저수지

250   걷 고 싶 은 길

▲ 수정봉

▲ 목욕소

기타

걷기 좋은 길이 이어진다. 곳곳에서 사람들이 목소리를 높이고, 콧노래를 흥얼거린다. 몸을 담글만한 물웅덩이가 보이기 시작한다. 그 가운데 하나가 목욕소다. 세조는 월광태자의 말대로 이곳에서 목욕하고 병이 나았다고 한다. 웅덩이 뒤에 있는 하얀 바위는 마두암이다. 세조가 목욕할 때 말 한 마리가 물을 마시려 하자, 호위대장이 고함치니 놀라서 그대로 돌이 되었다는 전설이 있다.

▲ 복천암

걷고 싶은 길

▲ 숨겨진 명당자리

세심정을 지나고 이뭣고다리를 건너 복천암에 들렀다. 신미대사가
머무르고 입적한 곳이다. 병풍송에 머문 다음 날, '세조는 속리사에
행행하고, 또 복천사에 행행하여, 복천사에 쌀 3백 석, 노비 30구,
전지 2백 결을, 속리사에 쌀·콩 아울러 30석을 하사하고 신시에 행
궁으로 돌아왔다(上幸俗離寺, 又幸福泉寺, 賜福泉寺米三百石 奴婢三十口 田
二百結, 俗離寺米豆竝三十石, 申時還行宮)'.

바위에서 나오는 약수를 한 바가지 마시고, 암자 마당을 나와 왼쪽
으로 난 계단을 올랐다. 5분 정도 산길을 걸어가면 신미대사와 학조
대사의 승탑이 있다. 암자와 떨어져 있지만 숨겨진 명당자리다. 산

기타   253

줄기가 내려오다 만들어진 판판한 곳에 승탑이 있고, 그 너머는 깎아지른 벼랑이다. 소나무가 주위를 빽빽하게 둘러쌌다. 나뭇잎 사이로 하얀 바위들이 언뜻언뜻 보인다. 승탑을 앞에 두고 멀리서 병풍을 치고 있는 모양새다. 아마도 경업대나 비로봉과 이어지는 산등성이에서 솟아오른 봉우리일 듯싶다. 자세히 둘러보아야 비로소 알아볼 수 있는 속리산 최고의 명당이다.

▲ 추래암

세조는 보은에서 3일 동안 머물렀다. 이를 언급한 실록을 바탕으로 전설 같은 이야기들이 생겨났다. 한글 창제에 대한 세종대왕과 신

걷고 싶은 길

▲ 말티재

미대사의 이야기를 다룬 영화 〈나랏말싸미〉가 2019년에 개봉되기도 했다. 세조가 신미대사를 찾아 복천암에 간 이유가 오로지 피부병을 고치기 위해서였을까? 아니면 〈월인석보〉를 만들 때 맺은 인연 때문이었을까?

조선왕조실록에서 '신미(信眉)'를 키워드로 검색하면 모두 136건이 나온다. 안타깝게도 많은 부분에서 그를 부정적으로 언급했다. 세종이 내린 법호에서도 '우국이세'라는 말은 신하들이 반대하여 끝내 쓰지 못했다. 그러나 유교의 나라에서 궁궐 안에 내불당을 짓고, 신미대사를 그곳에 머무르게 한 까닭은 무엇이었을까? 그의 행적이 더욱더 궁금해진다.

(2023.11.4.)

처자식 목을 베고 싸움터에 나간 장군

▲ 탑정호

신라군과 당나라군이 백제 사비성을 공격하기로 했다. 김유신은 탄현으로, 소정방은 기벌포로 향했다. 성충과 흥수가 이를 예상하고 이 두 곳을 막아야 한다고 의자왕에게 충언했으나 무시당했다.

나당연합군이 온다는 소식에 백제 조정은 혼란에 빠졌다. 의자왕은 계백 장군에게 오천 결사대를 주어 막게 했다. 660년 음력 7월 9일, 계백 장군은 황산벌에 진을 쳤다. 신라군 오만 명을 맞아 네 번 싸워 모두 이겼다. 그러나 다섯 번째 싸움에서 백제군은 전멸했다. 싸움이 벌어진 지 단 하루 만에 계백 장군도 죽었다.

사비성 앞에 미리 도착한 당나라군은 신라군이 오기를 기다렸다. 신라군은 황산벌에서 싸우느라 약속 날짜보다 하루 늦게 나타났다. 소정방은 길길이 날뛰었다. 그러자 김유신이 화를 내며 백제와 싸우기 전에 당나라와 싸우겠다고 을렀다. 결국 그들은 화해하고 사비성을 공격했다. 의자왕은 버티지 못하고 사비성에서 탈출하여 웅진으로 달아났다.

장맛비가 잠시 멈추고 무더위가 기승을 부린 날, 황산벌에 갔다. 탑정호 소풍길을 걷고, 계백 장군 유적지를 돌아보았다.

탑정호 소풍길

탑정호에 소풍길 6개 코스가 있다. 모두 걸으면 19km나 된다. 대부분 걷기 좋은 데크 길이지만 다 돌기는 벅차다. 정해진 코스를 고집할 필요는 없다. 입맛에 따라 골라 걸어도 좋다.

걷고 싶은 길

▲ 수변생태공원

수변생태공원에 차를 세우고 힐링 수변데크 산책로에 들어섰다. 데크 길 양쪽에 연꽃 무리가 있다. 연꽃은 보이지 않고 푸른 이파리만 무성했다. 왜가리 한 마리가 앉아 있었다. 연잎 사이로 물고기가 튀어 올랐다. 연잎에 가려 먹잇감을 얻지 못한 왜가리가 미련을 버리지 못한 듯 꼼짝하지 않고 자리를 지켰다.

어르신이 빗자루 대신 엔진 송풍기로 데크를 청소했다. 골든리트리버를 데리고 산책 나온 사람이 개줄을 짧게 잡고 한쪽으로 비켜섰다. 부지런한 부부가 빠른 걸음으로 앞서갔다. 데크 길 옆에 늘어선 버드나무가 그늘을 만들어 햇빛을 막아주었다.

기타

▲ 소나무노을섬

출렁다리에 다다랐지만, 아직 문을 열지 않았다. 소나무노을섬을
지나 둑길로 갔다. 둑 한쪽에 '논산탑정리석탑'이 있다. 고려 시대
승탑이다. 탑정호가 만들어지며 물에 잠긴 '어린사'라는 절에서 옮
겨 왔다고 한다. 탑이 정자를 닮았다고 해서 탑정호라는 이름이 생
겼다.

걷고 싶은 길

▲ 탑정호 둑길 조형물

둑길에서 음악분수 공연을 볼 수도 있다. 토요일 저녁마다 별빛 아래에서 음악의 향연이 펼쳐진다고 안내하고 있다. 계백 장군을 음각으로 본뜬 조형물도 있다. 긴 당파창을 높이 들고 우뚝 서 있다.

▲ 탑정호 출렁다리

출렁다리 남문에 들어섰다. 다리 길이가 592.6m에 이른다. 호수 위에 만들어진 출렁다리 가운데 국내에서 가장 길다. 제법 출렁거린다. 바닥 일부가 철망으로 되어 있어 물이 훤히 보인다. 밑을 보고 걸으면 조금 어질어질하다. 다리 중간에 설치된 쉼터가 반갑다.

걷고 싶은 길

▲ 대명산 일출전망대 전망

출렁다리를 건너자마자 큰길로 나서면 대명산 오르는 들머리다. 소
풍길 2코스 '대명산 일출길'이 시작된다. 길은 오르락내리락하며 심
심하지 않다. 나무가 우거져 조망은 별로다. 비바람에 쓰러진 나무
가 길을 막았다. 땀으로 흠뻑 젖은 뒤에 일출전망대에 섰다. 호수가
훤히 보였다. 바람이 불어 뜨거워진 몸을 식혀주었다.

대명산 날머리는 딸기향농촌테마공원이다. 사계절 놀이터와 딸기
테마관과 힐링생태체험관이 있다. 여름에만 여는 물놀이장에서 어
린이들이 소리를 지르며 즐겁게 놀고 있었다.

기타

계백 장군 유적지

수변생태공원에서 차로 5분 거리에 계백 장군 유적지가 있다. 계백 장군의 넋이 서려 있는 곳이다. 계백 장군 묘와 그의 영정을 모신 충장사, 백제시대 군사 문화를 체험할 수 있는 백제군사박물관이 있다.

평일이어서인지 구경꾼은 보이지 않았다. 벌초하는 사람들만 바쁘게 움직였다. 충혼공원에 오르면 계백 장군 동상이 있다. 탑정호가 훤히 보이는 곳에서 말을 타고 큰 칼로 호수를 가리키고 있다.

▲ 충장사

걷고 싶은 길

동상에서 내려오면 충장사가 있고, 충장사 오른쪽에 계백 장군 묘가 있다. 옛날부터 이곳에 큰 무덤이 있었다. 마을 사람들은 황산벌 싸움에서 죽은 계백 장군과 그의 부하들이 함께 묻혀있는 곳이라고 믿었다.

이곳에서 북쪽으로 500m 떨어진 곳이 수락(首落)산 정상이다. 계백 장군의 머리가 떨어졌다고 해서 붙은 이름이다. 무덤 일대를 가장(假葬)골이라 부른다. 황산벌 싸움이 끝난 뒤 백제 유민들이 시신을 거두어 임시로 묻었다고 한다. 계백 장군 위패를 모신 충곡(忠谷)서원이 수락산 정상에서 서쪽으로 400m 떨어진 곳에 있다. 충곡서원은 1680년에 세워졌다.

또한, 〈선조실록〉 146권에 "前代忠臣, 如新羅之金庾信·金陽, 百濟之成忠·階伯, 高麗之姜邯贊·鄭夢周之墓, 亦似當封墳, 禁其樵牧(전대의 충신으로서 신라의 김유신·김양, 백제의 성충·계백, 고려의 강감찬·정몽주의 무덤도 또한 봉분을 만들고 나무하고 소 먹이는 것을 금지하는 것이 마땅할 듯하다)"라고 기록하여 계백 장군 묘가 실재했다는 것을 밝히고 있다.

이런 사실을 바탕으로 부여박물관장을 지낸 홍사준 선생 등이 1966년에 이 무덤을 계백 장군 묘로 단정했다. 계백 장군이 죽은 지 1,300여 년이 지난 뒤에야 비로소 그의 묘로 밝혀진 셈이다. 1976년에 주민들이 묘역을 정비하며 '전백제계백장군지묘(傳百濟階伯將軍之墓)'라는 비석을 세웠다. 1989년에는 '계백 장군 유적 전승지'가 충청남도 기념물로 지정되면서 비석에서 '전할 전(傳)'자를 뗐다.

▲ 계백 장군 묘

소나무로 둘러싸인 곳에 큰 봉분이 있다. 무덤은 수수하다. 비석 하
나만 덩그러니 서 있다. 군더더기가 없다. 구차하게 목숨을 구걸하
지 않은 백제의 마지막 충신답다. 처자식 목을 베고 싸움터에 나간
계백 장군의 비장함이 푸른 잔디와 소나무에서 묻어난다.

집에 오는 길에 충곡서원에 들렀다. 계백 장군과 사육신 등을 추모
하기 위해 세운 곳이다. 대문이 굳게 닫혀 있다. 담벼락에 기대어
안을 들여다보니 안쪽 대문 양쪽에 배롱나무꽃이 활짝 피었다.

논산에는 서원과 향교가 많다. 세계문화유산으로 지정된 돈암서원

걷고 싶은 길

을 비롯하여 10개의 서원과 노성향교 등 3개의 향교가 있다. 배롱나무가 논산에 많은 까닭이기도 하다. 한여름에 논산에 가면 붉은 배롱나무꽃이 사람들을 반긴다. 충성을 다한 이들을 추모하는 듯 짙은 핏빛이다.

(2024.7.26.)

맺는말

1985년에 대전으로 다시 왔다.
연구원 생활은 치열했다.
뒤를 돌아볼 여유가 없었다.

걷기 여행에 나선 지는 얼마 되지 않는다.
대전에서 차로 한 시간 남짓 걸리는 곳들을 찾아다녔다.
걷기도 좋고, 경치도 아름답고, 이야깃거리도 넘쳤다.

처음 가서 멋진 풍경을 보고,
다시 가서 숨겨진 이야기를 찾고,
또다시 가서 작품 사진을 찍었다.

같은 곳이라도
철마다, 시간대마다, 같이 가는 사람에 따라 느낌이 달랐다.
갈 때마다 새로운 감동이 밀려왔다.

걷고 싶은 길

글을 쓰고, 사진을 찍었다.

걸으면서 행복했다.

땅에서 두 발로 걸어 다니는 것이 기적이라는 사실을 다시 느낀다.
항상 기적 속에서 살고 있음에 감사하며, 오늘도 걷는다.
그리고 기록한다.